シャドウ・チルドレン 1
～絶対に見つかってはいけない～

マーガレット・P・ハディックス／著
梅津かおり／訳
くまお♀／絵

★小学館ジュニア文庫★

もくじ

CONTENTS

シャドウ・チルドレン 1

SHADOW CHILDREN AMONG THE HIDDEN

絶対に見つかってはいけない

[おもな登場人物《とうじょうじんぶつ》]

ルーク・ガーナー

この物語《ものがたり》の主人公《しゅじんこう》。12歳《さい》の男《おとこ》の子《こ》。父《とう》さんと母《かあ》さん、3歳年上《さいとしうえ》の兄《あに》・マシュー、2歳年上《さいとしうえ》の兄《あに》・マークとともに、森《もり》の中《なか》でひっそりと暮《く》らしている。

ジェン（ジェニファー・ローズ・タルボット）

ルークが「スポーツ家《け》」と呼《よ》ぶ、裏《うら》の大邸宅《だいていたく》に住《す》む女《おんな》の子《こ》。兄《あに》がふたりいる。

ジョージ・タルボット

ジェンのお父《とう》さん。弁護士《べんごし》。

プロローグ
PROLOGUE

舞《ぶ》台《たい》は、アメリカのとある片田舎《かたいなか》の町《まち》。貧富《ひんぷ》の差《さ》が激《はげ》しく、携帯電話《けいたいでんわ》やインターネットが使《つか》えるのはごく一部《いちぶ》の人《ひと》たちだけにかぎられていた時代《じだい》だ。

この町《まち》に暮《く》らすルーク・ガーナーは十二歳《じゅうにさい》の男《おとこ》の子《こ》。農業《のうぎょう》を営《いとな》む両親《りょうしん》とふたりの兄《あに》の五人家族《ごにんかぞく》で静《しず》かに暮《く》らしている。しかし、ごく普通《ふつう》の幸《しあわ》せな家庭《かてい》に見《み》えるガーナー家《け》にはだれにも言《い》えない秘密《ひみつ》があった。

ルークは生《う》まれてから一度《いちど》も、家族以外《かぞくいがい》の人間《にんげん》に会《あ》ったことがない。もちろん、町《まち》に買《か》い物《もの》に出《で》かけたこともなければ、学校《がっこう》に行《い》ったこともない。なぜなら、ルークは法律《ほうりつ》で禁《きん》じられている三番目《さんばんめ》の子供《こども》だからである。存《そん》在《ざい》してはならない子供《こども》。それがルークなのだ。

それでも、ガーナー一家《いっか》は森《もり》に囲《かこ》まれた人《ひと》けのない場所《ばしょ》に住《す》んでいた。だから、ルークも外《そと》に出《で》て庭《にわ》や森《もり》で自由《じゆう》に遊《あそ》ぶことができた。ルークにとって、自然《しぜん》は唯一《ゆいいつ》の友達《ともだち》だった。ところが、そんな日常《にちじょう》がある日突然《ひとつぜん》、奪《うば》われようとしていた……。

01 消《き》えた森《もり》

ずっと離《はな》れた場所《ばしょ》で、木《き》が一本《いっぽん》、激《はげ》しく揺《ゆ》れて倒《たお》れた。母《かあ》さんがキッチンの窓《まど》から呼《よ》ぶ。

「ルーク！　中《なか》に入《はい》るのよ。さあ」

ルークが母《かあ》さんの言《い》いつけに背《そむ》いたことは一度《いちど》もなかった。裏庭《うらにわ》の背《せ》の高《たか》い草《くさ》の中《なか》をよちよち歩《ある》いていた幼《おさな》いころでさえ、母《かあ》さんの声《こえ》を聞《き》けば、何《なに》かを恐《おそ》れていることがなんとなくわかった。だけど、この日《ひ》、森《もり》が奪《うば》われようとしているこの日《ひ》、ルークはためらった。ルークはもう一度《いちど》、新鮮《しんせん》な空気《くうき》を思《おも》いっきり吸《す》いこみ、クローバーやスイカズラ、それに遠《とお》くから運《はこ》ばれてきた燃《も》やしたマツの煙《けむり》の匂《にお》いをかいだ。鍬《くわ》をそっと地面《じめん》に置《お》いて、素足《すあし》の下《した》の温《あたた》かい土《つち》の感《かん》触《しょく》をほんの一瞬《いっしゅん》だけ味《あじ》わった。それから、自分《じぶん》に言《い》いきかせた。

「もう二度《にど》と外《そと》には出《で》られないんだ。たぶん、死《し》ぬまで」

ルークは家《いえ》の中《なか》へ戻《もど》った。まるでシャドウ（影《かげ》）のように音《おと》もたてずに。

「どうして?」

その夜《よる》の夕食《ゆうしょく》のとき、ルークが聞《き》いた。ガーナー家《け》ではめったにしない類《たぐ》いの質問《しつもん》だ。他《ほか》の質問《しつもん》ならたくさんする。たとえば、「裏《うら》の畑《はたけ》にどれくらい雨《あめ》が降《ふ》ったの?」とか、「苗《なえ》の植《う》えつけはどうだった?」、あるいは、「マシューはそのスパナを何《なに》に使《つか》ったの?」、「父《とう》さんはあのつぶれたタイヤをどうするつもり?」

だけど、「どうして?」という質問《しつもん》は、してもむだだとみんなが思《おも》っていた。ルークはもう一度《いちど》たずねた。

「どうして森《もり》を売《う》ったの?」

父《とう》さんがせきばらいして手《て》を止《と》めた。ゆでたジャガイモをフォークで口《くち》へもっていく途中《とちゅう》だった。

「前《まえ》にも話《はな》したじゃないか。仕方《しかた》ないんだよ。家《いえ》を建《た》てるために政府《せいふ》が土地《とち》をほしいと言《い》っているんだ。ノーとは言《い》えないだろ」

母《かあ》さんがルークのそばまで来《き》て、元気《げんき》づけるようにその肩《かた》をぎゅっとつかんでから、コンロへと戻《もど》った。両親《りょうしん》は一度《いちど》だけ政府《せいふ》に逆《さか》らったことがある。ルークを産《う》んだことで。それ以来《いらい》、政府《せいふ》に対《たい》する反抗心《はんこうしん》はすべて失《うしな》ってしまったようだ。だからこれからも反抗《はんこう》できないだろう。

「できることなら森《もり》を手放《てばな》したくはなかったのよ」

母《かあ》さんはそう言《い》い、とろりとしたトマトスープをお玉《たま》ですくった。

「家《いえ》を建《た》ててもいいかなんて、政府《せいふ》は聞《き》かなかったわ。私《わたし》たちには」

母《かあ》さんは口《くち》をすぼめて、スープの入《はい》ったボウルをテーブルの上《うえ》にそっと置《お》いた。

「だけど、政府《せいふ》があの家《いえ》に住《す》むわけじゃないんでしょ」

ルークは言《い》い返《かえ》した。

十二歳《じゅうにさい》のルークは、物事《ものごと》がよくわかる年《とし》ごろになっていた。それでも、ときどき、政府《せいふ》とは図体《ずうたい》のでかい、意地悪《いじわる》でデブの、普通《ふつう》の人《ひと》の二《に》、三倍《さんばい》は大《おお》きい人間《にんげん》で、そいつがあちらこちらで「それは禁止《きんし》する！」とか「中止《ちゅうし》しろ！」と怒鳴《どな》りちらしているところを頭《あたま》の中《なか》で思《おも》い描《えが》くことがある。それは、これまで両親《りょうしん》や兄《あに》たちの話《はなし》を聞《き》かされてきたせいだ。「政府《せいふ》があの場所《ばしょ》にはトウモロコシを植《う》えさせてくれないだろう」とか、「政府《せいふ》が価格《かかく》を下《さ》げ続《つづ》けている」とか、「政府《せいふ》はこの手《て》の作物《さくもつ》は気《き》に入《い》らないだろう」とか。

「おそらく、何軒《なんけん》かには政府《せいふ》の役人《やくにん》が住《す》むはずよ。みんな都会《とかい》から来《き》た人《ひと》たちでしょうね」と母《かあ》さん。

もし両親《りょうしん》が許《ゆる》してくれたら、ルークはキッチンの窓《まど》から森《もり》をのぞき見《み》て、家《いえ》が並《なら》んでいるところを何度《なんど》も想像《そうぞう》してみただろう。モミやカエデやオークの木々《きぎ》が立《た》っている場所《ばしょ》に。いや、立《た》っていたと言《い》うべきか。ルークは夕食《ゆうしょく》の前《まえ》にちらりと窓《まど》の外《そと》をぬすみ見《み》て、木々《きぎ》の半分《はんぶん》がすでに切《き》り倒《たお》されていることを知《し》っていた。地面《じめん》に倒《たお》れている木《き》もあれば、空《そら》に向《む》かってそびえ立《た》っていたもとの位置《いち》から変《へん》な角度《かくど》で折《お》れ曲《ま》がっている木《き》もあった。木《き》がなくなるとすべてが違《ちが》って見《み》えた。まるで散髪《さんぱつ》したての、日焼《ひや》けしていない額《ひたい》の一部分《いちぶぶん》がさらされているような感《かん》じだった。キッチンの奥《おく》にいても、木《き》がなくなったことがわかった。より明《あか》るく、より開放的《かいほうてき》になったからだ。それに、より恐《おそ》ろしくもなったが。

「それで、住人《じゅうにん》が越《こ》してきたら、窓《まど》のそばには近寄《ちかよ》れないんでしょ？」

ルークはそう聞《き》いたが、答《こた》えはわかりきっていた。

ルークの質問《しつもん》に、父《とう》さんがイライラを爆発《ばくはつ》させ、片手《かたて》を振《ふ》りおろしてテーブルをたたいた。

「越《こ》してきたらだって？　今《いま》も近寄《ちかよ》っちゃだめだ！　みんながその辺《へん》を歩《ある》きまわって、家《いえ》が建《た》つのを見物《けんぶつ》しているんだ。おまえがいるのを見《み》られたら——」

父《とう》さんはフォークを乱暴《らんぼう》に左右《さゆう》に振《ふ》った。そのジェスチャーがどういうことなのかはわからなかったが、いい意味《いみ》でないことは確《たし》かだった。

ルークが見《み》つかったらどうなるのか、だれもその問《と》いにちゃんと答《こた》えられない。死《し》ぬのだろうか？　死《し》とは、生《う》まれつき体《からだ》の小《ちい》さな豚《ぶた》が力《ちから》の強《つよ》い兄弟《きょうだい》に踏《ふ》みつけられたときにやってくるもの。死《し》とは、ハエがハエたたきでつぶされて飛《と》びまわれなくなったときにやってくるもの。

ルークは、そんなつぶれたハエや、死《し》んだ豚《ぶた》が太陽《たいよう》の下《した》で硬直《こうちょく》している姿《すがた》と自分自身《じぶんじしん》とを結《むす》びつけて考《かんが》えることができなかった。考《かんが》えようとしただけで胃《い》がむかむかした。

「ルークの分《ぶん》の仕事《しごと》をやらされるなんて不公平《ふこうへい》だよ」

兄《あに》のマークがそうぼやいた。

「ちょっとくらい外《そと》に出《だ》してあげたら？　夜《よる》ならいいんじゃない？」

ルークは期待《きたい》しながら答《こた》えを待《ま》った。だけど、父《とう》さんは顔《かお》もあげずに、「だめだ」と言《い》っただけだった。

「ずるいよ」

マークがもう一度《いちどい》言った。マークは次男《じなん》だった。ラッキーなふたり目《め》。ルークは自分《じぶん》がみじめになるとそう思《おも》った。マークはルークより二歳年上《にさいとしうえ》で、長男《ちょうなん》のマシューとは一歳《いっさい》しか違《ちが》わない。マシューとマークは、その黒髪《くろかみ》とはっきりとした顔立《かおだ》ちで兄弟《きょうだい》だとすぐにわかる。ルークは明《あか》るい色《いろ》の髪《かみ》の毛《け》に、ほっそりとしたやさしい顔《かお》つきをしていた。ふたりの兄《あに》のように、自《じ》分《ぶん》ももっとタフに見《み》えるようになるだろうか、とルークは思《おも》う。が、なんとなく、そうはならないような気《き》がしていた。

「そもそもルークはなんの仕事《しごと》もできないじゃないか」

マシューがからかうように言《い》った。

「だからルークの分《ぶん》の仕事《しごと》なんて最初《さいしょ》からないようなものさ」

「ぼくのせいじゃないよ！　ぼくだってもっと手伝《てつだ》えるのに――」

ルークが不満《ふまん》そうに言《い》うと、母《かあ》さんがもう一度《いちど》ルークの肩《かた》に両手《りょうて》を置《お》いて、こう言《い》った。

「みんな静《しず》かになさい。ルークにはルークのやるべきことがあるのよ。いつだって」

そのとき、開《あ》いた窓《まど》から、砂利《じゃり》を踏《ふ》むタイヤの音《おと》が聞《き》こえた。私道《しどう》に車《くるま》が入《はい》ってきたのだ。

「いったいだれが――」

父《とう》さんはそこで口《くち》をつぐんだが、ルークには父《とう》さんの言《い》おうとしたことがわかっていた。

――いったいだれがやってきたんだ？　仕事《しごと》を終《お》えてやっと座《すわ》れたと思《おも》ったのに、なぜ、こんなときに邪魔《じゃま》が入《はい》るんだ？――父《とう》さんの言葉《ことば》の最後《さいご》のほうは、いつもキッチンのドアを出《で》たところで聞《き》いていた。

その日《ひ》、木《き》が切《き》り倒《たお》されたことがあって用心深《ようじんぶか》くなっていたルークは、いつもよりすばやくドアへ向《む》かい、裏《うら》の階段《かいだん》を這《は》いあがった。見《み》なくてもわかっていた。母《かあ》さんがテーブルの上《うえ》のルークの皿《さら》を棚《たな》に隠《かく》し、椅子《いす》を隅《すみ》に寄《よ》せるのは。そうすればだれも使《つか》っていない空間《くうかん》のようにしか見《み》えない。

たった三秒《さんびょう》で母《かあ》さんはルークの存在《そんざい》のすべてを消《け》し、玄関《げんかん》へ向《む》かった。そして、肥料《ひりょう》のセールスマンか、政府《せいふ》の検査官《けんさかん》かわからないが、とにかく家族《かぞく》の夕食《ゆうしょく》を中断《ちゅうだん》させた訪問者《ほうもんしゃ》に、疲《つか》れた笑顔《えがお》を向《む》けるのだった。

02 三《さん》番《ばん》目《め》の子《こ》供《ども》

ルークはこの世《よ》にいてはならない子供《こども》だ。それは法律《ほうりつ》で決《き》まっている。ルークだけではなく、ルークのような子供《こども》、つまり、すでにふたりの子供《こども》を授《さず》かった両親《りょうしん》のもとで、そのあとに生《せい》を受《う》けた三人目《さんにんめ》の子供《こども》たち全員《ぜんいん》にあてはまる法律《ほうりつ》だ。

本当《ほんとう》のところ、自分《じぶん》のような子供《こども》が他《ほか》にもいるのかどうかをルークは知《し》らない。この世《よ》にいてはならない存在《そんざい》。それはルークだけなのかもしれない。ふたり目《め》の子供《こども》を産《う》んだ女性《じょせい》にはなんらかの処置《しょち》がほどこされ、二度《にど》と子供《こども》は産《う》めなくなる。もし、何《なに》かの間違《まちが》いでまた妊娠《にんしん》してしまったら、赤《あか》ん坊《ぼう》はあきらめなければならない。

それが母《かあ》さんの説明《せつめい》してくれたことだ。何年《なんねん》も前《まえ》に、一度《いちど》だけ聞《き》いてみた。なぜ自分《じぶん》は隠《かく》れなくてはならないのかと。

そのとき、ルークは六歳《ろくさい》だった。

それまでは、小《ちい》さな子供《こども》はみんな隠《かく》れなければならないのだと思《おも》っていた。マシューやマークくらい大《おお》きくなったら、ふたりのようにトラックの窓《まど》から顔《かお》や手《て》を出《だ》して、父《とう》さんと一緒《いっしょ》に裏《うら》の畑《はたけ》や町《まち》に行《い》ける。マシューやマークくらい大《おお》きくなったら、表《おもて》の庭《にわ》で遊《あそ》んだり、ボールを蹴《け》って道路《どうろ》まで飛《と》ばすことができる。それに、マシューやマークくらい大《おお》きくなったら、学校《がっこう》にだって行《い》ける。そう思《おも》っていた。

マシューやマークは学校《がっこう》のことで文句《もんく》を言《い》う。「やだなー、宿題《しゅくだい》やんなくちゃ！」とか「つづりなんてどうでもいいのに」とか。だけど楽《たの》しそうな話《はなし》もする。休《やす》み時間《じかん》にしたゲームのことや、昼休《ひるやす》みにおやつを分《わ》けあった友達《ともだち》のことや、何《なに》かを削《けず》るためにポケットナイフを友達《ともだち》に貸《か》した話《はなし》なんかも。

どういうわけか、なんでもできるマシューやマークの年齢《ねんれい》になっても、ルークはふたりには追《お》いつけないようだ。

ルークの六歳《ろくさい》の誕生日《たんじょうび》、母《かあ》さんがケーキを焼《や》いてくれた。ラズベリージャムのたっぷりかかった特別《とくべつ》なケーキだった。その夜《よる》の夕食《ゆうしょく》のとき、母《かあ》さんはケーキの上《うえ》に六本《ろっぽん》のロウソクを立《た》てて、ルークの前《まえ》に置《お》いた。

「願《ねが》いごとをなさい」と母《かあ》さん。

ロウソクの輪《わ》を見《み》つめながら――やっと、ケーキの上《うえ》にロウソクでぐるっと輪《わ》のできる年齢《ねんれい》になったことが誇《ほこ》らしかった――ルークは突然《とつぜん》、別《べつ》のケーキのことを思《おも》い出《だ》した。六本《ろっぽん》のロウソクの輪《わ》がある別《べつ》のケーキ。マークのだ。

マークの六歳《ろくさい》の誕生日《たんじょうび》。そのことをルークが覚《おぼ》えていたのは、その日《ひ》、目《め》の前《まえ》にケーキがあるのにマークが不満《ふまん》そうにこう言《い》ったからだ。

「やっぱり誕生日会《たんじょうびかい》をやりたかったな。ロバート・ジョーは誕生日《たんじょうび》にパーティーを開《ひら》いたんだよ。友達《ともだち》を三人《さんにん》も呼《よ》んでさ」

母《かあ》さんは「シーッ」と言《い》ってマークの顔《かお》からルークの顔《かお》に視線《しせん》を移《うつ》した。その目《め》は何《なに》か言《い》っているようだったがルークには理解《りかい》できなかった。

ロウソクに息《いき》を吹《ふ》きかけた瞬間《しゅんかん》、ルークはそのときのことを思《おも》い出《だ》してびっくりした。二本《にほん》のロウソクの火《ひ》がゆらめいて、一本《いっぽん》だけが消《き》えた。マシューとマークが笑《わら》い声《ごえ》をあげた。

「それじゃあ願《ねが》いごとはかなわないよ」

マークが言《い》った。

「赤《あか》ちゃんだな。ロウソクの火《ひ》も消《け》せないんだから」

ルークは泣《な》きたかった。願《ねが》いごとをするのさえ忘《わす》れていた。びっくりしたりしなければ、ロウソクは六本《ろっぽん》とも消《け》せたのに。絶対《ぜったい》に消《け》せたのに。それで願《ねが》いごとがかなったはずだ。まあ、かなったかどうかはわからないけれど。トラックに乗《の》って町《まち》まで行《い》けますように。表《おもて》の庭《にわ》で遊《あそ》べますように。学校《がっこう》へ通《かよ》えますように。そんな願《ねが》いごとのかわりに変《へん》なことを思《おも》い出《だ》してしまったが、それは何《なに》かの思《おも》い違《ちが》いだ。きっと、マークの七歳《ななさい》か八歳《はっさい》の誕生日《たんじょうび》のときのことだろう。六歳《ろくさい》のマークがロバート・ジョーのことを知《し》っているはずがない。マークも六歳《ろくさい》のときには隠《かく》れていたはずなのだから。ルークのように。

ルークはそのことについて三日間《みっかかん》考《かんが》えた。母《かあ》さんが洗濯物《せんたくもの》を干《ほ》したり、ストロベリージャムを作《つく》ったり、風呂場《ふろば》の床《ゆか》を磨《みが》いたりしている後《うし》ろにくっついていき、何度《なんど》か聞《き》いてみようとした。「何歳《なんさい》になったら、ぼくはみんなに見《み》られていいの？」と。だけど、そう言《い》おうとするたびに何《なに》かがルークを押《お》しとどめた。

そして四日目《よっかめ》になった。父《とう》さんとマシューとマークが朝食《ちょうしょく》のあと、納屋《なや》へ向《む》かうと、ルークはキッチンの脇《わき》の窓《まど》のそばで身《み》をかがめた。そこからは外《そと》を見《み》てはいけないことになっていた。

家《いえ》のそばの道路《どうろ》を通《とお》る車《くるま》の運転手《うんてんしゅ》に顔《かお》を見《み》られてしまうかもしれないからだ。ルークは頭《あたま》を横《よこ》に倒《たお》して、左目《ひだりめ》を窓枠《まどわく》から少《すこ》しだけずらして外《そと》を見《み》た。マシューとマークが太陽《たいよう》の下《した》で走《はし》っている姿《すがた》が見《み》えた。豚《ぶた》の世話《せわ》をするためにブーツを履《は》いていて、そのブーツの上《うえ》の部分《ぶぶん》が脚《あし》を動《うご》かすたびに膝《ひざ》にあたっていた。ふたりには世界《せかい》がまるごと見《み》えているが、それを当然《とうぜん》だと思《おも》っているようだ。ふたりは納屋《なや》の戸口《とぐち》まで競争《きょうそう》していた。ルークが使《つか》ってはいけない戸口《とぐち》。ルークはいつも裏庭《うらにわ》に面《めん》した脇《わき》の戸口《とぐち》から出入《でい》りしていた。そこなら道路《どうろ》から見《み》られる心配《しんぱい》はない。

ルークは窓《まど》から顔《かお》を引《ひ》っこめ、外《そと》からは見《み》えない場所《ばしょ》に戻《もど》った。

「マシューとマークは隠《かく》れなくってもいいんだよね？」

ルークが聞《き》くと、フライパンにこびりついたスクランブルエッグのかすをこすっていた母《かあ》さんは振《ふ》り向《む》くと、ルークをじっと見《み》つめた。

「そうよ」と母《かあ》さん。

「じゃあ、なんでぼくは隠《かく》れなくちゃいけないの？」

母《かあ》さんは手《て》を拭《ふ》くと、シンクから離《はな》れた。まだ洗《あら》い物《もの》が残《のこ》っているときに、母《かあ》さんが手《て》を止《と》めるのはめずらしいことだった。そしてルークのそばに来《き》てしゃがみこむと、その額《ひたい》にかかった髪《かみ》の毛《け》を後《うし》ろになでつけてくれた。

「ねえ、ルーク、本当《ほんとう》にそんなことを知《し》りたいの？　あなたは特別《とくべつ》だっていうだけじゃだめなの？」

ルークはその言葉《ことば》について考《かんが》えてみた。母《かあ》さんはいつも言《い》う。母《かあ》さんの膝《ひざ》にのせたり、抱《だ》っこしたりするのはルークだけだと。それに夜《よる》、寝《ね》るときには今《いま》でも本《ほん》を読《よ》んでくれる。マシューやマークがそれを甘《あま》えん坊《ぼう》で恥《は》ずかしいと思《おも》っていることも知《し》っていた。そのことを言《い》っているのだろうか？　だけど、それは末《すえ》っ子《こ》だからであり、いずれルークも成長《せいちょう》する。そうしたら、ルークもふたりのようになれるのだろうか？

ルークはめずらしく食《く》いさがった。

「どうしてぼくだけ特別《とくべつ》なの。どうしてぼくだけ隠《かく》れなくちゃならないの。ぼく、知《し》りたいんだ」

それで母《かあ》さんはルークに教《おし》えてくれた。

あとになって、もっとたくさん質問《しつもん》すればよかった、とルークは思《おも》った。だけど、そのときは、母《かあ》さんが話《はな》してくれることに耳《みみ》を傾《かたむ》けるだけで精《せい》いっぱいだった。母《かあ》さんの口《くち》からあふれ出《で》る言葉《ことば》におぼれそうだった。

「たまたまだったの。あなたはひょっこりやってきた。そして父《とう》さんも母《かあ》さんもあなたがほしかった。父《とう》さんに相談《そうだん》すらしなかったわ……あなたを産《う》むかどうかについて」

ルークは赤《あか》ん坊《ぼう》の自分《じぶん》を思《おも》い描《えが》いた。段《だん》ボールに入《い》れられてどこかの道端《みちばた》に置《お》き去《ざ》りにされてる自分《じぶん》の姿《すがた》を。父《とう》さんが言《い》っていた。ペットを飼《か》うことを許《ゆる》されていた昔々《むかしむかし》には子猫《こねこ》がそんなふうに置《お》き去《ざ》りにされていたのだと。だけど、母《かあ》さんが言《い》っているのはそういうことじゃないのかもしれない。

「子供《こども》の数《かず》を制限《せいげん》する『人口規制法《じんこうきせいほう》』が成立《せいりつ》して間《ま》もないころだったわ。母《かあ》さんはずっと子供《こども》をたくさんほしいと思《おも》っていたの。法律《ほうりつ》ができる前《まえ》から。だからあなたがおなかに宿《やど》ったときは、そう、まるで、奇跡《きせき》のようだった。政府《せいふ》のばかげた決《き》まりはいずれなくなるだろうって思《おも》っていた。あなたが生《う》まれるころには、そんな法律《ほうりつ》は廃止《はいし》されているかもしれないって。そうなれば母《かあ》さんは新《あたら》しく生《う》まれてくる赤《あか》ん坊《ぼう》をみんなに見《み》せびらかすことができるでしょ」

「でも、そうはならなかったんだよね」

ルークは思《おも》わずそう言《い》った。

「ぼくを隠《かく》したんでしょ」

ルークの声《こえ》は妙《みょう》にかすれていて、まるで別《べつ》のだれかがしゃべっているようだった。

母《かあ》さんはうなずいた。

「おなかが目立《めだ》ち始《はじ》めてから、母《かあ》さんはどこにも行《い》かないようにした。でも、それはたいしたことでもなかったの。だって、特《とく》に行《い》くところもないでしょ？　それにマシューとマークがしゃべってしまうといけないから、ふたりを農場《のうじょう》からは出《だ》さないようにしたの。母《かあ》さんはおばあちゃんや姉《ねえ》さんへの手紙《てがみ》にすらあなたのことは書《か》かなかった。でも、そのときはそれほど恐《おそ》れてもいなかったの。三人目《さんにんめ》の子供《こども》を産《う》んじゃいけないだなんて、ただの迷信《めいしん》みたいなものだって高《たか》をくってた。だから、出産《しゅっさん》するときには病院《びょういん》に行《い》くつもりだったわ。いつまでも秘密《ひみつ》にはできないのだし。だけど、それから……」

「それからなんなの？」

母《かあ》さんはルークの顔《かお》を見《み》ようとはしなかった。

「人口警察《じんこうけいさつ》のことがテレビで流《なが》れるようになったの。どうやって人口警察《じんこうけいさつ》がみんなの秘密《ひみつ》をあばくのかとか、法律《ほうりつ》を守《まも》らせるためにどんな手《て》を使《つか》うのかということについて」

ルークはリビングにある、どっしりしたテレビのほうに目《め》を向《む》けた。ルークがテレビを見《み》ることは禁止《きんし》されていたが、そのことが理由《りゆう》なのだろうか？

「そのうちに、父《とう》さんが町《まち》でうわさを耳《みみ》にするようになったの。三人目《さんにんめ》の赤《あか》ちゃんについて……」

ルークは身震《みぶる》いした。母《かあ》さんは遠《とお》くを、今年《ことし》植えたトウモロコシが地平線《ちへいせん》と接《せっ》しているあたりを見《み》つめていた。

「四人目《よにんめ》の子《こ》ジョンもほしかったのよ。寝《ね》る前《まえ》のお祈《いの》りでもこう言《い》うでしょ。『マシュー、マーク、ルークにジョン。私《わたし》の寝《ね》るベッドをお守《まも》りください』って。だけどね、あなただけでも授《さず》かったことに感謝《かんしゃ》したわ。それに、うまくいったでしょう？　だれにも見《み》つかっていないんだから」

そう言《い》った母《かあ》さんの笑顔《えがお》はゆがんでいた。母《かあ》さんを助《たす》けてあげなければ、と思《おも》ったルークは、「そうだね」と返事《へんじ》をした。

どういうわけか、それからは隠《かく》れていることが気《き》にならなくなった。見《み》ず知《し》らずの人《ひと》になど会《あ》いたいとも思《おも》わないし、学校《がっこう》なんて行《い》きたくもない。マシューやマークの言《い》っていることが本当《ほんとう》なら、先生《せんせい》は怒《おこ》ってばかりだし、油断《ゆだん》すると友達《ともだち》に裏切《うらぎ》られたりするそうだ。

ルークは特別《とくべつ》。ルークは秘密《ひみつ》の存在《そんざい》。ルークはこの家《いえ》の子供《こども》。この家《いえ》では、母《かあ》さんがアップルパイを焼《や》けば、最初《さいしょ》のひと切《き》れは必《かなら》ずルークがもらえる。マシューやマークは学校《がっこう》に行《い》っていて家《いえ》にいないから。この家《いえ》では、ルークは生《う》まれたばかりの豚《ぶた》の赤《あか》ん坊《ぼう》を納屋《なや》で抱《だ》っこしたり、森《もり》のはずれの木《き》にのぼったり、物干《ものほ》し台《だい》に雪玉《ゆきだま》を投《な》げて遊《あそ》んだりできる。この家《いえ》では、裏《うら》庭《にわ》がいつもルークを歓迎《かんげい》してくれる。ルークはいつだって安全《あんぜん》で、家《いえ》や納屋《なや》や森《もり》が守《まも》ってくれる。

けれど、それは森《もり》が奪《うば》われるまでのことだった。

03
外出禁止《がいしゅつきんし》

ルークは床《ゆか》に腹《はら》ばいになって、おもちゃの電車《でんしゃ》を線路《せんろ》の上《うえ》で行《い》ったり来《き》たりさせていた。その電車《でんしゃ》は父《とう》さんが子供《こども》のころのもので、その前《まえ》は父《とう》さんの父親《ちちおや》のものだったという。ルークは幼《おさな》いころ、マークがそのおもちゃの電車《でんしゃ》に飽《あ》きて、自分《じぶん》だけのものになることを何《なに》よりも願《ねが》っていた。だけど、今《いま》はそれで遊《あそ》ぶ気《き》にはならなかった。外《そと》はいい天気《てんき》で、どこまでも青《あお》い空《そら》には綿《わた》のような雲《くも》が浮《う》かび、そよ風《かぜ》が裏庭《うらにわ》の芝生《しばふ》をやさしくなでつけている。

ルークはもうかれこれ一週間《いっしゅうかん》、家《いえ》から出《で》ていなかった。外《そと》の世界《せかい》からルークを誘《さそ》う声《こえ》が聞《き》こえてくるようだった。だけど、今《いま》ではカーテンを引《ひ》いていない部屋《へや》には入《はい》ることさえ禁《きん》じられている。

「だれかに見《み》られたくてそんなことをしているのか？」

その日《ひ》の朝《あさ》、父《とう》さんがルークを怒鳴《どな》った。キッチンの窓《まど》からカーテンを数《すう》センチ浮《う》かせて、うらめしそうに外《そと》をのぞき見《み》ていたときだった。

ルークは飛《と》びあがった。芝生《しばふ》の上《うえ》をはだしで駆《か》けまわることばかり考《かんが》えていて、家《いえ》の中《なか》で自《じ》分《ぶん》の後《うし》ろにだれかがいるかもしれないことなどほとんど忘《わす》れかけていた。

「外《そと》にはだれもいないよ」

ルークは確《たし》かめるようにもう一度《いちど》ちらりと外《そと》を見《み》た。裏庭《うらにわ》にでこぼこに張《は》りめぐらされたフェンスの向《む》こうは、ブルドーザーで更地《さらち》にされ、木《き》の枝《えだ》や、幹《みき》や、葉《は》っぱや、泥《どろ》でぐちゃぐちゃになっていたが、そこは見《み》ないようにした。大好《だいす》きだったあの森《もり》のあった場所《ばしょ》だ。

「だから？　おまえが気《き》づく前《まえ》に、向《む》こうがおまえに気《き》づくかもしれないだろ？」

父《とう》さんはルークの腕《うで》をつかむと、ゆうに一《いち》メートルは後《うし》ろに引《ひ》っ張《ぱ》った。ルークの手《て》から離《はな》れたカーテンが窓枠《まどわく》にあたった。

「外《そと》は絶対《ぜったい》に見《み》ちゃだめだ。絶対《ぜったい》にだ。いいか、とにかく窓《まど》には近《ちか》づくな。それからブラインドやカーテンがおりていないときは部屋《へや》に入《はい》ってもだめだ」

「でも、それじゃあ、何《なに》も見《み》えないよ」

ルークは抗議《こうぎ》した。

「通報《つうほう》されるよりはずっとましだと思《おも》わないか？」と父《とう》さん。父《とう》さんはルークを気《き》の毒《どく》に思《おも》っているような言《い》い方《かた》をしたが、それがかえってルークの神経《しんけい》を逆《さか》なでした。ルークはくるりと背《せ》を向《む》けてキッチンから出《で》ると、自分《じぶん》の部屋《へや》に向《む》かった。父《とう》さんの前《まえ》で泣《な》きたくなかった。

ルークはおもちゃの電車《でんしゃ》を乱暴《らんぼう》に押《お》した。電車《でんしゃ》はスピードをあげて脱線《だっせん》し、ひっくり返《かえ》って、車輪《しゃりん》がくるくるまわった。

「そんなのどうだっていいよ」

ルークはつぶやいた。

ルークの部屋《へや》に続《つづ》く階段《かいだん》の下《した》のドアを強《つよ》くノックする音《おと》がした。

「人口警察《じんこうけいさつ》だ！　ここを開《あ》けろ！」

ルークはぴくりともしなかった。

「ちっともおもしろくないよ、マーク！」

ルークは声《こえ》を張《は》りあげた。

マークはドアを開《あ》けると、階段《かいだん》を駆《か》けあがってきた。ルークの部屋《へや》は屋根裏《やねうら》にあったが、そのことを不満《ふまん》に思《おも》ったことはない。ずっと前《まえ》に、母《かあ》さんがトランクやら段《だん》ボールやらをすべて部屋《へや》の隅《すみ》へ追《お》いやり、ルークの真《しん》ちゅうのベッドやふかふかの丸《まる》い敷物《しきもの》、本《ほん》やおもちゃのための広《ひろ》い場所《ばしょ》を作《つく》ってくれた。マシューやマークは、ルークの部屋《へや》がいちばん大《おお》きいことに不満《ふまん》をもらしていた。だけど、ふたりの部屋《へや》には窓《まど》があった。

「今《いま》のはびっくりしただろ？」とマーク。

「ぜんぜん」とルークは答《こた》えたが、本当《ほんとう》は心臓《しんぞう》が飛《と》び出《で》そうだった。

両親《りょうしん》の見《み》ていないときに、マークがこの『人口警察《じんこうけいさつ》ごっこ』をやるようになってから何年《なんねん》もたつ。いつもルークはそんなマークを無視《むし》していた。だけど、今《いま》、父《とう》さんがあんなにビクビクしているのだ……本当《ほんとう》に人口警察《じんこうけいさつ》が来《き》たらどうしよう？　人口警察《じんこうけいさつ》はルークをどうするのだろうか？

「マシューもぼくもおまえのことはだれにも話《はな》したことがない」

マークは突然《とつぜん》、めずらしく真剣《しんけん》な口調《くちょう》になってそう言《い》った。

「もちろん、母《かあ》さんや父《とう》さんも言《い》ったことはないし、おまえは隠《かく》れるのが上手《じょうず》だ。だから、安《あん》全《ぜん》なんだよ。そうだろ？」

「わかってる」

ルークがつぶやいた。

マークはルークが脱線《だっせん》させたおもちゃの電車《でんしゃ》を蹴飛《けと》ばした。

「まだこんな赤《あか》ちゃんのおもちゃで遊《あそ》んでるのか？」

マークは弟《おとうと》をいたわったことを帳消《ちょうけ》しにするかのようにルークをからかった。

ルークは肩《かた》をすくめた。いつもだったら、おもちゃの電車《でんしゃ》で遊《あそ》んでいることをマークに知《し》られたくないと思《おも》っただろう。だけど、今日《きょう》はすべてが最悪《さいあく》で、そんなことはどうでもよかった。

「ぼくにいやがらせをしにわざわざ来《き》たの？」

ルークがそう聞《き》いた。

マークは気《き》を悪《わる》くしたようだった。

「おまえがチェッカー（相手《あいて》のコマをとりあうボードゲーム）でもしたいんじゃないかと思《おも》ったんだよ」

ルークは眉《まゆ》を寄《よ》せた。

「母《かあ》さんに言《い》われたんでしょ？」

「違《ちが》うよ」

「うそだ」

ルークはわざと意地悪《いじわる》な言《い》い方《かた》をした。

「まあ、おまえがそんな態度《たいど》をとるんだったら——」

「ぼくのことはほっといてよ。わかった？」

「わかった、わかった」

マークは「やれやれ！」と言《い》いながら階段《かいだん》をおりた。


またひとりぼっちになったルークは、マークを邪険《じゃけん》にしたことを少《すこ》しだけ後悔《こうかい》した。階段《かいだん》をあがったところから数《かぞ》えて三枚目《さんまいめ》の床板《ゆかいた》が、踏《ふ》むたびにきしんで音《おと》をたてた。ルークはその音《おと》にイライラした。ベッドとは反対側《はんたいがわ》の屋根《やね》の下《した》で身《み》をかがめなければならないことにいやけがさした。部屋《へや》の隅《すみ》の棚《たな》に並《なら》べたお気《き》に入《い》りのミニカーでさえ、今日《きょう》は気《き》にくわなかった。ミニカーなんて必要《ひつよう》だろうか？　本物《ほんもの》の車《くるま》に乗《の》ったこともないし、これから乗《の》ることもないのに。ルークは何《なに》もできないし、どこへも行《い》けない。この屋根裏部屋《やねうらべや》でただ朽《く》ち果《は》てていくだけだ。

ルークは以前《いぜん》にも同《おな》じことを考《かんが》えたことがある。めったにないことだが、母《かあ》さんも父《とう》さんもマシューもマークもどこかへ出《で》かけて、ひとりとり残《のこ》されたときのことだ。みんなの身《み》に何《なに》かが起《お》きて、帰《かえ》ってこなかったらどうしよう？　ルークは何年《なんねん》もたってから放置《ほうち》されて死《し》んでいるところを発見《はっけん》されるのだろうか？

屋根裏部屋《やねうらべや》の古《ふる》い本《ほん》にこんな物語《ものがたり》があった。ある子供《こども》たちの集団《しゅうだん》が打《う》ち捨《す》てられた海賊船《かいぞくせん》を見《み》つけて、その船《ふね》の部屋《へや》から骸骨《がいこつ》を発見《はっけん》する話《はなし》だった。ルークはその骸骨《がいこつ》のようになっているのだろう。しかもカーテンを開《あ》けた部屋《へや》に入《はい》れなくなった今《いま》となっては、暗闇《くらやみ》の中《なか》で骸骨《がいこつ》になってしまうのだ。

ルークは思《おも》わず天井《てんじょう》を見《み》あげた。屋根裏部屋《やねうらべや》を照《て》らしているのは、頭上《ずじょう》のたったひとつの電球《でんきゅう》だけなのだということを自分自身《じぶんじしん》に言《い》いきかせるように。ただし、天井《てんじょう》の両端《りょうたん》からは光《ひかり》がもれていた。

ルークは立《た》ちあがって、天井《てんじょう》をじっくり調《しら》べてみた。そういえば屋根《やね》の両端《りょうたん》に通気口《つうきこう》があったんだ、とルークは思《おも》った。屋根裏部屋《やねうらべや》に暖房《だんぼう》を入《い》れるころになると、父《とう》さんがときどき、文句《もんく》を言《い》っていた。「あの通気口《つうきこう》にお金《かね》を投《な》げ捨《す》てているようなものだな」と。だけど、いつも母《かあ》さんがそんな父《とう》さんをにらみつけてくれて、暖房《だんぼう》はそのままだった。

ルークはいちばん大《おお》きなトランクのてっぺんによじのぼって、通気口《つうきこう》をのぞきこんだ。外《そと》が見《み》える！　細《ほそ》い道路《どうろ》と、その後《うし》ろに風《かぜ》にそよぐトウモロコシ畑《ばたけ》がある。通気口《つうきこう》は斜《なな》めになっていて視界《しかい》はかぎられているが、少《すく》なくとも外《そと》からルークの姿《すがた》は見《み》えないはずだ。

一瞬《いっしゅん》、ルークは喜《よろこ》び勇《いさ》んだ。でも、すぐにその興奮《こうふん》は冷《さ》めた。これから先《さき》の人生《じんせい》を、トウモロコシの成長《せいちょう》だけを見《み》ながら送《おく》っていくなんて。がっかりしながら、ルークはトランクからおりて、今度《こんど》は部屋《へや》の反対側《はんたいがわ》、裏庭《うらにわ》に面《めん》したほうへと向《む》かった。段《だん》ボールを脇《わき》によけて、部屋《へや》の隅《すみ》から古《ふる》い踏《ふ》み台《だい》を引《ひ》きずってこなければならなかったが、ようやく裏《うら》の通気口《つうきこう》の高《たか》さまで目《め》が届《とど》いた。

そこからは裏庭《うらにわ》は見《み》えなかった。近《ちか》すぎて視界《しかい》に入《はい》らないのだ。そのかわり、森《もり》があった場《ば》所《しょ》が見《み》えた。今《いま》まで気《き》づかなかったが、そのあたりの土地《とち》はルークの家《いえ》から斜《なな》め下《した》に傾《かたむ》いているので、かつて木々《きぎ》で覆《おお》われていた広《ひろ》い土地《とち》がすっかり見渡《みわた》せた。そこは今《いま》、活気《かっき》にあふれた場所《ばしょ》だった。作業員《さぎょういん》が巨大《きょだい》な黄色《きいろ》のブルドーザーを操縦《そうじゅう》して背《せ》の低《ひく》い草《くさ》むらを掘《ほ》りおこし、砂《じゃ》利道《りみち》を作《つく》っている。見《み》たこともない重機《じゅうき》で大《おお》きなコンクリート管《かん》を設置《せっち》するための穴《あな》を掘《ほ》っている人《ひと》たちもいる。ルークはその光景《こうけい》をうっとりと見《み》つめた。トラクターやコンバインならもちろん知《し》っていたし、納屋《なや》にある父《とう》さんの芝刈《しばか》り機《き》や肥料散布機《ひりょうさんぷき》、刈《か》り取《と》り用《よう》の作業車《さぎょうしゃ》なら間《ま》近《ぢか》で見《み》たことがあった。けれど、今《いま》、見《み》ている機械《きかい》はそれらとは別《べつ》のものだった。それぞれ違《ちが》う仕事《しごと》をするために作《つく》られたものであり、すべて違《ちが》う人《ひと》によって操縦《そうじゅう》されていた。

ルークは突然《とつぜん》、ある日《ひ》のことを思《おも》い出《だ》した。まだルークが幼《おさな》かったとき、ホームレスが家《いえ》にやってきたことがあった。そのホームレスが食《た》べ物《もの》を恵《めぐ》んでほしいと家《いえ》の中《なか》に入《はい》ってきたので、ルークはあわててマッドルーム（靴《くつ》や服《ふく》についた土《つち》を落《お》とすための部屋《へや》）にある洗面台《せんめんだい》の下《した》に隠《かく》れた。そこには扉《とびら》がついていて、すきまからのぞくと、つぎはぎだらけのズボンに穴《あな》のあいた靴《くつ》が見《み》えて、男《おとこ》が情《なさ》けない声《こえ》でこう言《い》った。

「仕事《しごと》にはありつけないし、三日《みっか》も飲《の》まず食《く》わずで……いやいや、自分《じぶん》で食《た》べるものを作《つく》ることもできなくてね。私《わたし》の状況《じょうきょう》がおわかりですか？　病気《びょうき》なんですよ。餓死《がし》しかかっていて……」

そのときのホームレスと本《ほん》にのっている写真《しゃしん》の他《ほか》、ルークは母《かあ》さんと父《とう》さんとマシューとマーク以外《いがい》の人間《にんげん》を見《み》たことがなかった。こんなに姿《すがた》かたちの違《ちが》う人間《にんげん》がいるなんて思《おも》ってもみなかった。ブルドーザーやシャベルのついた機械《きかい》を動《うご》かしている人《ひと》たちの多《おお》くはシャツを脱《ぬ》いでいるのに、その傍《かたわ》らに立《た》っている人《ひと》たちはネクタイを締《し》めてコートを着《き》ている。太《ふと》っている人《ひと》もいればやせている人《ひと》もいる。太陽《たいよう》にあたって肌《はだ》が茶色《ちゃいろ》に焼《や》けている人《ひと》もいれば、もう二度《にど》と日焼《ひや》けすることのないルークより青白《あおじろ》い肌《はだ》の人《ひと》もいる。そこにいるみんなが動《うご》きまわっていた。ギアを入《い》れかえたり、つりさげたコンクリート管《かん》をおろしたり、作業員《さぎょういん》に手《て》で位置《いち》を指示《しじ》している人《ひと》たち。作業《さぎょう》をしていない人《ひと》でもまくしたてるようにしゃべっている。そうした活発《かっぱつ》な光景《こうけい》にルークはめまいがした。本《ほん》の中《なか》の写真《しゃしん》で見《み》る人間《にんげん》はいつだって止《と》まっているのに。圧《あっ》倒《とう》されて、ルークは目《め》をつぶった。それから何《なに》か見落《みお》としていないかと再《ふたた》び目《め》を開《あ》けた。

「ルーク？」

ルークはしぶしぶ踏《ふ》み台《だい》からおりて、急《いそ》いでベッドまで行《い》き、何食《なにく》わぬ顔《かお》で寝《ね》そべった。

「どうぞ」

母《かあ》さんが重《おも》い足《あし》どりで階段《かいだん》をのぼってきた。

「ルーク、大丈夫《だいじょうぶ》なの？」

ルークはベッドの端《はし》からおろした両足《りょうあし》をぶらぶらさせた。

「うん、大丈夫《だいじょうぶ》だよ」

母《かあ》さんはベッドに腰《こし》かけると、ルークの足《あし》を軽《かる》くたたいた。

「もちろん――」

母《かあ》さんはごくりと唾《つば》を飲《の》みこんだ。

「もちろん、すんなりとはいかないわ。あなたの人生《じんせい》は楽《らく》じゃないもの。外《そと》を見《み》たい気持《きも》ちは母《かあ》さんにだってわかる。それに外《そと》に出《で》たい気持《きも》ちも――」

「もういいよ、母《かあ》さん」

通気口《つうきこう》のことを話《はな》してみようか、とルークは思《おも》った。そこから外《そと》を見《み》ることならだれも反対《はんたい》しないだろう。だけど、なぜか言《い》いだせなかった。それすら禁止《きんし》されたらどうしよう？　母《かあ》さんが父《とう》さんに話《はな》して、父《とう》さんが「だめだ、だめだ。それは危険《きけん》すぎる。外《そと》を見《み》るのは禁止《きんし》だ」と言《い》ったらどうしよう？　そんなことになったらルークは耐《た》えられないだろう。だから、黙《だま》っていた。

母《かあ》さんはルークの髪《かみ》の毛《け》をくしゃくしゃっとした。

「あなたはトルーパー（戦士《せんし》）なのよ。だから絶対《ぜったい》に耐《た》えられるわ」

ルークは母《かあ》さんの腕《うで》に寄《よ》りかかった。母《かあ》さんは片方《かたほう》の腕《うで》をルークの肩《かた》にまわし、ぎゅっと抱《だ》きしめた。ルークは秘密《ひみつ》を打《う》ち明《あ》けなかったことにほんの少《すこ》しだけ罪悪感《ざいあくかん》を覚《おぼ》えた。けれども、ほっとした気持《きも》ちのほうがずっと大《おお》きかった。ルークは愛情《あいじょう》に満《み》たされて安心《あんしん》した。

母《かあ》さんは自分自身《じぶんじしん》を納得《なっとく》させるようにこうつぶやいた。

「それに、もっと最悪《さいあく》なことだってありうるわ」

なぜだか、母《かあ》さんの言《い》ったことはなぐさめにはならなかった。理由《りゆう》はわからない。でも、これからもっと悪《わる》いことが起《お》きるのだと言《い》っているのではないだろうか。ルークは母《かあ》さんの体《からだ》に自分《じぶん》の体《からだ》を強《つよ》く押《お》しつけた。自分《じぶん》の感《かん》じていることが間違《まちが》っていてほしい。そう願《ねが》いながら。

04 ひとりぼっちの食事《しょくじ》

二《に》、三日《さんにち》たってから、ルークは母《かあ》さんの言《い》ったことの本当《ほんとう》の意味《いみ》を知《し》った。その朝《あさ》、ルークは朝食《ちょうしょく》を食《た》べに、いつものように裏階段《うらかいだん》をおりてキッチンのドアを少《すこ》しだけ開《あ》けた。これまでに、ほんの二《に》、三回《さんかい》、だれかが朝食《ちょうしょく》の前《まえ》に家《いえ》に立《た》ち寄《よ》ったことがあった。そんなときは、母《かあ》さんがマシューかマークをうまく使《つか》ってルークに隠《かく》れているようにと警告《けいこく》をした。そんなことがあったので、ルークは必《かなら》ず確認《かくにん》するようにしている。今《いま》は、父《とう》さんとマシューとマークがテーブルについていた。ベーコンを焼《や》く音《おと》が聞《き》こえるので母《かあ》さんはコンロのところにいるのだろう。

「カーテンは閉《し》まってる？」

ルークはそっとそう聞《き》いた。

母《かあ》さんがドアを開《あ》けたので、ルークはキッチンの中《なか》に入《はい》ろうとした。けれど、母《かあ》さんが腕《うで》を伸《の》ばしてそれを止《と》めた。そして、スクランブルエッグとベーコンをたっぷりのせたお皿《さら》をルークに渡《わた》した。

「ねえ、ルーク。階段《かいだん》のいちばん下《した》で食《た》べてくれないかしら？」

「どうして？」

母《かあ》さんはルークのほうに顔《かお》を向《む》けて、訴《うった》えるような目《め》で言《い》った。

「父《とう》さんがそうしろって。つまり、あなたをキッチンに入《い》れるのは危険《きけん》だって言《い》うの。一緒《いっしょ》に食事《しょくじ》はできるし、おしゃべりもできるし、それ以外《いがい》は今《いま》までどおりだけど……ただこれからはそこがあなたの場所《ばしょ》になるの」

母《かあ》さんはルークの後《うし》ろの階段《かいだん》を手《て》で示《しめ》した。

「だけどカーテンを閉《し》めていれば――」

ルークがそう言《い》いかけたとき、テーブルにいる父《とう》さんが言《い》った。

「昨日《きのう》、作業員《さぎょういん》のひとりに言《い》われたんだ。『なあ、おたくは農家《のうか》だろ。家《いえ》にエアコンがあるのかい？』ってね」

父《とう》さんは前《まえ》を向《む》いたままで、ルークを見《み》ようとはしなかった。

「今日《きょう》みたいに暑《あつ》い日《ひ》は、カーテンを閉《し》めていると不審《ふしん》に思《おも》われるんだよ。だから開《あ》けておいたほうがいい。おまえには悪《わる》いが」

それから父《とう》さんは一度《いちど》だけルークにちらりと目《め》をやった。ルークは自分《じぶん》が動揺《どうよう》しているのをさとられないようにした。

「それで父《とう》さんはなんて答《こた》えたの？」

そう聞《き》いたマシューは、その作業員《さぎょういん》の質問《しつもん》にしか興味《きょうみ》がないようだった。

「エアコンなんてあるわけがないって言《い》ったよ。農業《のうぎょう》なんかじゃ大金持《おおがねも》ちにはなれないってね」

父《とう》さんはゆっくりとコーヒーを飲《の》んだ。

「それでいいかしら、ルーク？」と母《かあ》さん。

「わかったよ」

ルークは口《くち》ごもって言《い》った。

手《て》にしたスクランブルエッグとベーコンの皿《さら》が、今《いま》ではちっともおいしくなさそうだった。ひと口《くち》食《た》べるたびに喉《のど》にひっかかるような気《き》がするはずだ。ルークはキッチンにあるふたつの窓《まど》からは見《み》えない階段《かいだん》に座《すわ》った。

「ドアは開《あ》けたままにしましょう」

母《かあ》さんはルークのそばにいて、コンロには戻《もど》りたくないようだった。

「それほど違《ちが》わないでしょ？」

「おい、母《かあ》さん——」

父《とう》さんが警戒《けいかい》するように言《い》った。

開《ひら》いた窓《まど》から、数台《すうだい》のトラックや車《くるま》の通《とお》る音《おと》が聞《き》こえた。作業員《さぎょういん》が今日《きょう》の仕事《しごと》のためにやってきたのだ。

ここ何日《なんにち》か、ルークは通気口《つうきこう》から外《そと》を眺《なが》めていたので知《し》っていた。それらの乗《の》り物《もの》が、パレードのように道路《どうろ》を連《つら》なってやってくることを。乗用車《じょうようしゃ》は道路《どうろ》の脇《わき》にとまり、中《なか》から身《み》なりのきちんとした男《おとこ》たちがおりてくる。トラックは泥《どろ》だらけの区域《くいき》に入《はい》り、おりてきた作業員《さぎょういん》たちがひと晩中《ばんじゅう》置《お》きっぱなしになっていたブルドーザーやショベルカーにてんでに乗《の》りこむ。そうした作業車《さぎょうしゃ》は、ここのところ息《いき》をつく間《ま》もないくらい忙《いそが》しい。というのも、作業員《さぎょういん》たちが日《ひ》の出《で》から日没《にちぼつ》まで働《はたら》いているからだ。どうやら工事《こうじ》を急《せ》かされているようだ。

「ルーク、ごめんなさいね」

母《かあ》さんはそう言《い》うと、あわててコンロに戻《もど》った。そして自分《じぶん》の分《ぶん》の朝食《ちょうしょく》を用意《ようい》すると、テーブルのいつもの場所《ばしょ》に座《すわ》った。そこはルークの席《せき》の隣《となり》だったが、ルークの椅子《いす》はもうなかった。

しばらくの間《あいだ》、ルークは父《とう》さんと母《かあ》さんとマシューとマークが静《しず》かに食事《しょくじ》をするのをじっと見《み》ていた。完全《かんぜん》に四人家族《よにんかぞく》だった。ルークはせきばらいをして、もう一度《いちど》、抗議《こうぎ》しようとした。

〈こんなのひどいよ。ぼくだけ不公平《ふこうへい》だよ〉

だけど、ルークはその言葉《ことば》を飲《の》みこんだ。みんなはただルークを守《まも》ろうとしているだけだ。ルークに何《なに》ができる?

覚悟《かくご》を決《き》めるかのように、ルークはスクランブルエッグにフォークを刺《さ》し、それを口《くち》に運《はこ》んだ。皿《さら》の上《うえ》の料理《りょうり》はすべて平《たい》らげたものの、ルークには何《なに》を食《た》べているのかもわからなかった。

05 政府《せいふ》からの通告《つうこく》

それからというもの、ルークは階段《かいだん》のいちばん下《した》に座《すわ》って食事《しょくじ》をとるようになった。それは毎日《まいにち》の習慣《しゅうかん》になったが、ルークはいやでたまらなかった。以前《いぜん》は気《き》づかなかったが、母《かあ》さんの声《こえ》はとても小《ちい》さく、ルークのいる場所《ばしょ》からは聞《き》こえないことがよくあった。それにマシューやマークはいつもひそひそ声《ごえ》で意地悪《いじわる》なことを言《い》い、笑《わら》い声《ごえ》をあげる。ルークをネタにすることも多《おお》かったが、ふたりの言《い》っていることが聞《き》きとれないのだから、反論《はんろん》することもできない。母《かあ》さんが「ほら、いいかげんになさい」と注意《ちゅうい》する言葉《ことば》さえ聞《き》きとれなかった。一《いち》、二週間《にしゅうかん》もたつと、ルークは家族《かぞく》の会話《かいわ》をほとんど聞《き》こうとしなくなっていた。

七月《しちがつ》のある暑《あつ》い日《ひ》、そんなルークでも興味《きょうみ》をひかれる出来事《できごと》があった。養豚《ようとん》についての手紙《てがみ》が届《とど》いたときだった。

その日《ひ》、マシューが一《いち》キロ半《はん》ほど離《はな》れた四《よ》つ角《かど》にある郵便受《ゆうびんう》けからその手紙《てがみ》をもち帰《かえ》った

（ルークはその場所《ばしょ》を見《み》たことがなかったが、マシューとマークによると、そこには郵便受《ゆうびんう》けが三《みっ》つあって、それぞれ道路沿《どうろぞ》いの住人《じゅうにん》のものらしい）。ガーナー家《け》に届《とど》く郵便物《ゆうびんぶつ》は請求書《せいきゅうしょ》や政府《せいふ》からの裁判所命令《さいばんしょめいれい》が多《おお》く、トウモロコシをどのくらい植《う》えなければならないとか、どの肥料《ひりょう》を使《つか》わなくてはならないとか、収穫《しゅうかく》した作物《さくもつ》をどこへもっていかなくてはならないとかそういった内容《ないよう》のものがほとんどだった。だから、親戚《しんせき》からの手紙《てがみ》が届《とど》いたときは、大喜《おおよろこ》びだった。母《かあ》さんは何《なに》をやっていてもいったん手《て》を止《と》めて椅子《いす》に腰《こし》かけ、震《ふる》える手《て》で手紙《てがみ》を開《ひら》いた。そして手紙《てがみ》を読《よ》みながら、ときどき声《こえ》をあげた。「まあ、エフィおばさん、また入院《にゅういん》したんだわ……」「あら、リザベスったら結局《けっきょく》あの男《おとこ》と結婚《けっこん》するのね……」。ルークはそうした親戚《しんせき》の人《ひと》たちを見知《みし》っているような気《き》がしていた。だけど、彼《かれ》らはずっと遠《とお》い場所《ばしょ》に住《す》んでいて、もちろん向《む》こうはルークの存在《そんざい》を知《し》らない。母《かあ》さんは夜遅《よるおそ》くまでていねいに返事《へんじ》を書《か》いた。切手代《きってだい》が工面《くめん》できると、マシューやマークのことについては手紙《てがみ》でたっぷりと報告《ほうこく》したが、ルークの名《な》前《まえ》が書《か》かれることは一度《いちど》もなかった。

今日《きょう》の手紙《てがみ》は、ルークの祖母《そぼ》から届《とど》く手紙《てがみ》くらい分厚《ぶあつ》かったが、政府《せいふ》の印《いん》が押《お》されてあった。そして差出人《さしだしにん》には『住宅局《じゅうたくきょく》、環境基準係《かんきょうきじゅんがかり》』とある。

マシューはまっすぐ前《まえ》に伸《の》ばした手《て》の先《さき》に手紙《てがみ》をもっていた。死《し》んだ豚《ぶた》の赤《あか》ん坊《ぼう》を納屋《なや》から運《はこ》んできたときのように。

マシューの手《て》にあるその手紙《てがみ》を目《め》にするや、父《とう》さんは不安《ふあん》そうな顔《かお》をした。マシューは手紙《てがみ》を父《とう》さんの銀食器《ぎんしょっき》のそばに置《お》いた。父《とう》さんはため息《いき》をついて言《い》った。

「悪《わる》い知《し》らせだろうな。せっかくの食事《しょくじ》を台無《だいな》しにしたくないから、あとにしよう」

父《とう》さんはまたチキン・アンド・ダンプリング（鶏肉《とりにく》と団子《だんご》のスープ）を食《た》べ始《はじ》めた。最後《さいご》にげっぷをしてから、ようやく封筒《ふうとう》をひっくり返《かえ》し、土《つち》の詰《つ》まった爪《つめ》の先《さき》で封《ふう》を開《あ》けた。そして手紙《てがみ》を広《ひろ》げた。

「我々《われわれ》の確認《かくにん》したところによると……」父《とう》さんは手紙《てがみ》を読《よ》みあげた。

「まあ、これまでのところは理解《りかい》できるな」

それからしばらく文面《ぶんめん》を目《め》で追《お》いながら、ときどき、「母《かあ》さん、『臓腑《ぞうふ》』ってなんだろう？」とか「辞書《じしょ》はあるか？　マシュー、『相互関係《そうごかんけい》』って調《しら》べてみてくれ」などと聞《き》いた。そしてようやく、分厚《ぶあつ》い手紙《てがみ》の束《たば》を投《な》げだすとこう言《い》い放《はな》った。

「政府《せいふ》はうちの豚《ぶた》を始末《しまつ》させるつもりらしい」

「どういうこと？」

マシューがたずねた。

マシューがマークよりも深刻《しんこく》な表情《ひょうじょう》をしているのにはわけがあった。マシューはいつもこう言《い》っていたからだ。「ぼくが自分《じぶん》の農場《のうじょう》をもてるようになったら、養豚所《ようとんじょ》にするんだ。なんとか政府《せいふ》に許可《きょか》をもらって……」

マシューは父《とう》さんの肩越《かたご》しに手紙《てがみ》を見《み》た。

「一度《いちど》にもっと多《おお》くの豚《ぶた》を売《う》れってことなんでしょ？　だけど群《む》れで飼《か》えば――」

「そうじゃないんだ。あそこの豪勢《ごうせい》な新居《しんきょ》に入《はい》る住人《じゅうにん》が豚《ぶた》の臭《にお》いに我慢《がまん》できないだろうっていうんだ。だからもう豚《ぶた》は飼《か》えない」

父《とう》さんは手紙《てがみ》をテーブルの真《ま》ん中《なか》に放《ほう》り投《な》げた。

「農場《のうじょう》の隣《となり》に家《いえ》を建《た》てたのはあいつらのほうなのに」

階段《かいだん》に座《すわ》っていたルークは、肉汁《にくじゅう》の残《のこ》った皿《さら》から手紙《てがみ》をつまみあげて自分《じぶん》の目《め》で確《たし》かめたかったが、その気持《きも》ちを押《お》しとどめた。

「できないって言《い》えばいいんでしょ？」とルークは聞《き》いた。

でも、だれも答《こた》えない。最初《さいしょ》から答《こた》えは決《き》まっているからだ。ルークはそう言《い》ってしまってから、すぐに自分《じぶん》がばかみたいに思《おも》えた。このときばかりは、階段《かいだん》に隠《かく》れていられてよかったと思《おも》った。

母《かあ》さんがふきんをしぼってこう言《い》った。

「あの豚《ぶた》のおかげで私《わたし》たち家族《かぞく》は生活《せいかつ》していけたのよ。穀物《こくもつ》の値段《ねだん》は安《やす》いし……。これからどうやって食《た》べていけっていうの？」

父《とう》さんはただ母《かあ》さんの顔《かお》を見《み》ただけだった。そのあとすぐに、マシューとマークも同《おな》じように母《かあ》さんを見《み》た。ルークにはどうしてみんなが母《かあ》さんの顔《かお》を見《み》るのかがわからなかった。

06 重《おも》い税金《ぜいきん》

それから二週間後《にしゅうかんご》、税金《ぜいきん》の請求書《せいきゅうしょ》が届《とど》いた。その日《ひ》は、父《とう》さんとマシューとマークが豚《ぶた》をすべて手放《てばな》した日《ひ》だった。トレーラーに乗《の》せられた豚《ぶた》のほとんどが食肉処理場《しょくにくしょりじょう》に連《つ》れていかれ肉《にく》にされるのだが、まだ十分《じゅうぶん》に成長《せいちょう》していない豚《ぶた》は家畜用《かちくよう》のオークションにかけられる。ルークは家《いえ》の正面《しょうめん》の通気口《つうきこう》をのぞいて、父《とう》さんが使《つか》い古《ふる》したトラックを運転《うんてん》して、豚《ぶた》をのせて行《い》ったり来《き》たりする様子《ようす》を見《み》ていた。マシューとマークはトラックの後《うし》ろに乗《の》って、トレーラーがちゃんと引《ひ》っ張《ぱ》られているかを確認《かくにん》している。ルークのいる屋根裏部屋《やねうらべや》からでも、マシューのがっかりしたような表情《ひょうじょう》がわかった。

そのあと、三人《さんにん》はマッドルームの洗面台《せんめんだい》で手《て》についた豚《ぶた》の臭《にお》いを洗《あら》い流《なが》し、夕食《ゆうしょく》を食《た》べにキッチンに入《はい》ってきた。そして父《とう》さんは何《なに》も言《い》わずに母《かあ》さんに税金《ぜいきん》の請求書《せいきゅうしょ》を渡《わた》した。母《かあ》さんはシチューを混《ま》ぜていた木《き》のスプーンを置《お》いて、手紙《てがみ》を広《ひろ》げた。母《かあ》さんの手《て》から手紙《てがみ》が落《お》ちた。

「こんなことって――」

母《かあ》さんは手紙《てがみ》を拾《ひろ》いながら頭《あたま》の中《なか》で計算《けいさん》をしているようだった。

「税金《ぜいきん》がいつもの三倍《さんばい》だなんて。何《なに》かの間違《まちが》いだわ」

父《とう》さんは険《けわ》しい表情《ひょうじょう》で首《くび》を横《よこ》に振《ふ》った。

「間違《まちが》いじゃない。オークションでウィリカーさんから聞《き》いたんだ」

ウィリカーさんというのはここからいちばん近《ちか》いご近所《きんじょ》さんで、五《ご》キロほど離《はな》れた場所《ばしょ》に住《す》んでいた。ルークはウィリカー家《け》と聞《き》くと、いつもモンスターのように巨大《きょだい》で、凶暴《きょうぼう》な鉤爪《かぎづめ》(根元《ねもと》から先《さき》にかけて曲《ま》がった爪《つめ》)をもった人《ひと》たちを想像《そうぞう》してしまう。それはウィリカーさん一家《いっか》を警戒《けいかい》するようにと何度《なんど》も言《い》われてきたからだろう。「ウィリカー家《け》に見《み》つかったらおしまいだ」と。

父《とう》さんはその先《さき》を続《つづ》けた。

「ウィリカーさんが言《い》うには、このあたりの住民《じゅうみん》の税金《ぜいきん》はことごとくふくれあがったそうだ。あの豪勢《ごうせい》な家《いえ》が建《た》つおかげで、地価《ちか》があがったんだよ」

「それはいいことなんじゃないの?」

ルークはすかさず聞《き》いた。

森《もり》を奪《うば》い、ルークを部屋《へや》に閉《と》じこめることになったあの新《あたら》しい家々《いえいえ》を憎《にく》んで当然《とうぜん》なのに、半《はん》分《ぶん》それに魅《み》せられてもいた。家《いえ》の土台《どだい》が築《きず》かれ、壁《かべ》や屋根《やね》の木《き》の枠組《わくぐ》みが空《そら》にそびえるのをルークはうっとりとして眺《なが》めていた。それが今《いま》ではルークのいちばんの楽《たの》しみだった。もちろん母《かあ》さんとのおしゃべりはまた別《べつ》の話《はなし》だ。

母《かあ》さんは『ルークとの休憩時間《きゅうけいじかん》』と言《い》っては屋根裏部屋《やねうらべや》まであがってくる。ときにはルークの部屋《へや》をどうしても掃除《そうじ》しなければならないふりをして。まるで、パンを作《つく》るにはオーブンで焼《や》かなければならないように、あるいは、庭《にわ》をきれいにしておくには雑草《ざっそう》を抜《ぬ》かなければならないように、どうしても必要《ひつよう》だと言《い》わんばかりに屋根裏部屋《やねうらべや》にやってきた。またときにはただ座《すわ》って、おしゃべりをするだけのこともあった。

父《とう》さんはルークの質問《しつもん》にうんざりしたように首《くび》を振《ふ》った。

「ちっともよくないさ。家《いえ》を売《う》るときにはメリットになるかもしれないが、売《う》るつもりはないからね。結局《けっきょく》のところ、政府《せいふ》はおれたちからさらに搾取《さくしゅ》しようとしているんだよ」

マシューはがっくりと椅子《いす》に座《すわ》りこんだ。

「どうやってお金《かね》を工面《くめん》するの？　豚《ぶた》を売《う》ったお金《かね》でも払《はら》いきれないよ。それに、そのお金《かね》でしばらくはしのげるはずだったのに――」

父《とう》さんは何《なに》も言《い》わなかった。いつもはどんなことにでも利口《りこう》ぶった口《くち》をきくマークさえ言葉《ことば》が出《で》ない様子《ようす》だった。

母《かあ》さんはまたシチューのほうに向《む》き直《なお》った。

「今日《きょう》、労働許可証《ろうどうきょかしょう》をもらったの」

母《かあ》さんが低《ひく》い声《こえ》で言《い》った。

「工場《こうじょう》が雇《やと》ってくれることになってるわ。うまくすればお給料《きゅうりょう》の前借《まえが》りができるかもしれない」

ルークはあっけにとられた。

「母《かあ》さん、仕事《しごと》になんか行《い》っちゃだめだよ。だって、だれが……」

ルークは途中《とちゅう》で言葉《ことば》を切《き》った。

〈だれがぼくと一緒《いっしょ》に家《いえ》にいてくれるの？　みんながいなくなったら、ぼくは一日中《いちにちじゅう》、だれと話《はな》せばいいの？〉

でも、それはあまりにもわがままな言《い》い分《ぶん》のように思《おも》えた。ルークはみんなの顔《かお》を見《み》まわした。母《かあ》さんの言《い》ったことにだれも驚《おどろ》いていない。ルークは口《くち》を閉《と》じた。

07 屋《や》根《ね》裏《うら》部《べ》屋《や》でひとり

九月中旬《くがつちゅうじゅん》には、ルークの生活《せいかつ》は毎日《まいにち》決《き》まりきったものになっていた。夜《よ》が明《あ》けると同時《どうじ》に起《お》きて、階段《かいだん》のいちばん下《した》に腰《こし》かけ、家族《かぞく》が朝食《ちょうしょく》を食《た》べる様子《ようす》を眺《なが》める。みんなバタバタと忙《いそが》しそうだった。母《かあ》さんは七時《しちじ》までに工場《こうじょう》に行《い》かなくてはならないし、父《とう》さんは作物《さくもつ》を収穫《しゅうかく》する時《じ》期《き》に備《そな》えて機械《きかい》の点検《てんけん》に余念《よねん》がなかった。マシューとマークは新学期《しんがっき》が始《はじ》まっていた。ルークだけがだらだらと生焼《なまや》けのベーコンにパサついたトーストを食《た》べていた。バターをとってほしいことも言《い》いだせなかった。そんなことを言《い》えば、だれかが席《せき》を立《た》って、二階《にかい》に用事《ようじ》があるふりをして、ルークにバターを渡《わた》しにいかなければならない。

家族《かぞく》が玄関《げんかん》から飛《と》びだしていくと、ルークはすぐに自分《じぶん》の部屋《へや》に戻《もど》って、通気口《つうきこう》から外《そと》を見《み》た。正面《しょうめん》の通気口《つうきこう》から、マシューとマークがスクールバスに乗《の》るのを確《たし》かめ、それから裏《うら》の通《つう》気口《きこう》をのぞいた。

新《あたら》しい家並《いえな》みはほぼ完成《かんせい》していた。どれも大邸宅《だいていたく》だ。ガーナー家《け》の家《いえ》と納屋《なや》を合《あ》わせたくらい大《おお》きい。家々《いえいえ》は朝日《あさひ》を受《う》けて輝《かがや》いていた。まるで壁《かべ》に高価《こうか》な宝石《ほうせき》をちりばめたようだった。本当《ほんとう》に宝石《ほうせき》で覆《おお》われているのかもしれない、とルークは思《おも》った。

作業員《さぎょういん》の集団《しゅうだん》は今《いま》でも毎日《まいにち》のようにやってくるが、ほとんどが室内《しつない》での仕事《しごと》にとりかかっていた。朝《あさ》いちばんに、巻《ま》いた絨毯《じゅうたん》や壁板《かべいた》、ペンキの缶《かん》などを家《いえ》の中《なか》に運《はこ》び入《い》れると、そのあとはあまり姿《すがた》を見《み》せない。

そして、それまでとは違《ちが》う種類《しゅるい》の乗《の》り物《もの》を目《め》にすることが多《おお》くなった。高級車《こうきゅうしゃ》らしき乗用車《じょうようしゃ》が舗装《ほそう》したての道路《どうろ》をゆっくり走《はし》ってきて、ときどき、私道《しどう》に入《はい》り、家《いえ》まで乗《の》りつける。ひっきりなしにおしゃべりをする女性《じょせい》を連《つ》れていることが多《おお》かった。それがどういう人《ひと》たちなのかすぐにはわからなかったが、そんなことを家族《かぞく》に聞《き》くわけにもいかない。そのうちに、その家《いえ》を買《か》うつもりでいる人《ひと》たちではないかということに気《き》づくと、ルークは未来《みらい》のご近所《きんじょ》さんをじっと観察《かんさつ》するようになった。

ルークは両親《りょうしん》が驚《おどろ》いた様子《ようす》で話《はな》すのを耳《みみ》にしていた。新《あたら》しい家《いえ》に移《うつ》ってくるのは都会《とかい》からやってくる人《ひと》たちだというだけでなく、『バロン』だという。バロンというのはとんでもないお金持《かねも》ちの人《ひと》たちだ。普通《ふつう》の人《ひと》たちが何年《なんねん》かかっても手《て》に入《い》れられないものを全部《ぜんぶ》もっている人《ひと》たち。みんなが貧《まず》しい暮《く》らしをしているというのに、バロンがどうしてそんなに裕福《ゆうふく》なのかルークにはよくわからない。だけど、父《とう》さんが「バロン」と言《い》うときには、必《かなら》ずひとこと、ふたこと、いやみをつけ加《くわ》えた。

新《あたら》しい家《いえ》を行《い》ったり来《き》たりする人《ひと》たちはルークの家族《かぞく》とはまったく違《ちが》って見《み》える。体《からだ》にぴったりしたドレスを着《き》たスリムできれいな女性《じょせい》。父《とう》さんやマシューやマークが「意気地《いくじ》なしの服《ふく》装《そう》」と呼《よ》ぶような服《ふく》——ピカピカの靴《くつ》にシミひとつないおしゃれなズボンやジャケットを身《み》にまとったずんぐりした男性《だんせい》。ルークはそんな格好《かっこう》をした人《ひと》たちを見《み》ると、いつも少《すこ》しだけ気恥《きは》ずかしかった。いや、自分《じぶん》の家族《かぞく》が恥《は》ずかしいのかもしれない。ルークの家族《かぞく》はだれひとりバロンには見《み》えないのだから。だから子供連《こどもづ》れでやってきた家族《かぞく》を見《み》るほうが、子供《こども》に目《め》がいく分《ぶん》、ほっとした。小《ちい》さな子供《こども》は両親《りょうしん》と同《おな》じようにめかしこんでいた。頭《あたま》にリボンをつけたり、サスペンダーをしたり、ピカピカの装飾品《そうしょくひん》を身《み》につけている。ルークの両親《りょうしん》には決《けっ》して買《か》えないようなものばかりだ。年《とし》かさの子供《こども》たちはたいていラフな格好《かっこう》で、その日《ひ》の朝《あさ》にクローゼットから適当《てきとう》に選《えら》んだものを着《き》ているようだった。

もちろん子供《こども》を三人《さんにん》連《つ》れている家族《かぞく》などいなかったが、それでもルークはいつも数《かず》を数《かぞ》えてしまう。「ひとり、ふたり……」、「ひとり……」、「ひとり、ふたり……」

もし隣《となり》に子供《こども》がひとりしかいない家族《かぞく》が越《こ》してきたとして、ルークがその家《いえ》に忍《しの》びこんでふたり目《め》の子供《こども》のふりをしたらどうなるだろう？　学校《がっこう》にも、町《まち》にも行《い》ける。マシューやマークのように行動《こうどう》できる。

ばかばかしい考《かんが》えだった。ルークがバロンと一緒《いっしょ》に暮《く》らすなんて。不法侵入《ふほうしんにゅう》で銃《じゅう》で撃《う》たれるか、通報《つうほう》されるのがおちだろう。

そんな考《かんが》えが頭《あたま》の中《なか》をめぐり始《はじ》めると、ルークは踏《ふ》み台《だい》からおりて、屋根《やね》の低《ひく》くなっている場所《ばしょ》にあるほこりっぽい棚《たな》から本《ほん》をとりだした。母《かあ》さんはルークに読《よ》み方《かた》と算数《さんすう》を教《おし》えてくれた。「少《すく》なくとも本《ほん》なら何冊《なんさつ》かあるわ……」。母《かあ》さんは朝出《あさで》かけるとき、悲《かな》しそうによくそうつぶやいていた。

本《ほん》はどれも何十回《なんじっかい》も繰《く》り返《かえ》し読《よ》んでいた。『豚《ぶた》の病気《びょうき》』や『地域《ちいき》の野草《やそう》』というタイトルの本《ほん》でさえ何度《なんど》も読《よ》んだ。ルークのお気《き》に入《い》りは冒険小説《ぼうけんしょうせつ》だった。自分《じぶん》が騎士《きし》になってドラゴンと戦《たたか》い、連《つ》れ去《さ》られた王女様《おうじょさま》を助《たす》けたり、探検家《たんけんか》になって、荒《あ》れくるうハリケーンの中《なか》、マストを握《にぎ》りしめて海《うみ》を渡《わた》ったりするところを想像《そうぞう》した。

自分《じぶん》がルーク・ガーナーだということを、屋根裏部屋《やねうらべや》に隠《かく》れている三番目《さんばんめ》の子供《こども》だということを忘《わす》れたかった。


お昼《ひる》になると、マッドルームからキッチンへ続《つづ》くドアの音《おと》が聞《き》こえた。ルークは一階《いっかい》におりて父《とう》さんと一緒《いっしょ》に昼食《ちゅうしょく》を食《た》べた。母《かあ》さんがいない家《いえ》では、家中《いえじゅう》においしそうな匂《にお》いを漂《ただよ》わせるできたてのパイも、マッシュポテトも、ローストした肉《にく》もなかった。父《とう》さんはいつもサンドイッチを四切《よんき》れ作《つく》って、だれにも見《み》られていないことを確認《かくにん》してから、そのうちのふた切《き》れを階《かい》段《だん》にいるルークに渡《わた》した。

父《とう》さんは決《けっ》しておしゃべりをしなかった。だれかに聞《き》かれて不審《ふしん》に思《おも》われるといけないからだという。そのかわり、ラジオをつけて農業《のうぎょう》についてのお昼《ひる》のニュースを聞《き》いた。ニュースのあとに一曲《いっきょく》か二曲《にきょく》、音楽《おんがく》が流《なが》れると、父《とう》さんはラジオを切《き》ってまた外《そと》に出《で》て働《はたら》いた。

父《とう》さんが行《い》ってしまうと、ルークは部屋《へや》に戻《もど》ってまた本《ほん》を読《よ》んだり新《あたら》しい家《いえ》を観察《かんさつ》したりした。

六時半《ろくじはん》になると、母《かあ》さんが帰《かえ》ってきた。母《かあ》さんは必《かなら》ずルークの部屋《へや》へやってきて、ひと声《こえ》かけてくれる。それから急《いそ》いで下《した》におりると、寝《ね》る時間《じかん》までの数時間《すうじかん》でたまった家事《かじ》をこなした。マシューやマークもいつもルークの部屋《へや》へやってくるが、長《なが》くいることはなかった。夕食《ゆうしょく》の前《まえ》に父《とう》さんの仕事《しごと》を手伝《てつだ》わなければならないし、そのあとは宿題《しゅくだい》もしなければならない。

ルークも外《そと》で遊《あそ》んでいたときには、ふたりはルークを特別扱《とくべつあつか》いした。森《もり》がなくなる前《まえ》は、学《がっ》校《こう》や家《いえ》の手伝《てつだ》いが終《お》わるとよく裏庭《うらにわ》でキックボールやフットボール、スパッド（ドッジボールに似《に》た遊《あそ》び）をして遊《あそ》んだ。マシューとマークはいつも自分《じぶん》のチームに入《い》れようとルークをとりあった。たとえルークがへたくそでも、ひとりよりふたりのほうが有利《ゆうり》だからだ。

今《いま》はルークとトランプやチェッカーをするしかなかったが、ふたりがそれよりも外《そと》で遊《あそ》びたがっているのは明《あき》らかだった。

ルークも同《おな》じ気持《きも》ちだった。

だけど、そのことは考《かんが》えないようにした。

一日《いちにち》のうちで、いちばん楽《たの》しみな時間《じかん》は母《かあ》さんが寝《ね》かしつけてくれるときだった。その時分《じぶん》には母《かあ》さんも家事《かじ》を終《お》えてリラックスしていた。ときには一時間《いちじかん》ほど屋根裏部屋《やねうらべや》にいて、その日《ひ》、ルークが読《よ》んだ本《ほん》のことについて質問《しつもん》をしたり、工場《こうじょう》での出来事《できごと》について話《はなし》をしてくれたりした。

ある夜《よる》、母《かあ》さんは工場《こうじょう》でニワトリの内臓《ないぞう》を抜《ぬ》いていたときに、おなかの中《なか》にビニール手袋《てぶくろ》が詰《つ》まってとれなくなった話《はなし》をしていた。母《かあ》さんは話《はなし》の途中《とちゅう》で突然《とつぜん》、言葉《ことば》を止《と》めた。

「母《かあ》さん？」

母《かあ》さんはいびきをかいて、座《すわ》ったまま眠《ねむ》っていた。

ルークは母《かあ》さんの顔《かお》をじっと見《み》つめた。疲《つか》れきった顔《かお》には新《あたら》しいしわがいくつも刻《きざ》まれていた。顔《かお》の周《まわ》りの髪《かみ》の毛《け》には茶色《ちゃいろ》い毛《け》に混《ま》じって白髪《しらが》がたくさんあった。

「母《かあ》さん？」

ルークはもう一度《いちど》、やさしく母《かあ》さんの腕《うで》を揺《ゆ》すりながら言《い》った。

母《かあ》さんはぴくっとして目《め》を覚《さ》ました。

「でもちゃんとニワトリは洗《あら》って――あら、ごめんなさい、ルーク。私《わたし》のほうが先《さき》に寝《ね》てしまったわ」

母《かあ》さんは枕《まくら》を整《ととの》え、シーツのしわを伸《の》ばした。

ルークは体《からだ》を起《お》こした。

「もういいよ、母《かあ》さん。ぼくはもう赤《あか》ちゃんじゃないんだし――」

ルークは悲《かな》しみをぐっとこらえて唾《つば》を飲《の》みこんだ。

「マシューやマークが十二歳《じゅうにさい》のときには寝《ね》かしつけたりしてなかったでしょ」

「そうね」

母《かあ》さんはやさしい声《こえ》で言《い》った。

「だったらぼくももう必要《ひつよう》ないよ」

「わかったわ」

母《かあ》さんはルークの額《ひたい》にキスをすると、明《あ》かりを消《け》した。ルークは母《かあ》さんがいなくなるまでドアに背《せ》を向《む》けてじっと壁《かべ》を見《み》つめていた。

08 お手《て》伝《つだ》い

数週間後《すうしゅうかんご》の雨《あめ》の降《ふ》る涼《すず》しい朝《あさ》のことだった。

家族《かぞく》は大急《おおいそ》ぎで出《で》かけなければならず、朝食《ちょうしょく》をとると、「行《い》ってきます」も言《い》わずに玄関《げんかん》を飛《と》びだした。マシューとマークはお弁当《べんとう》の中身《なかみ》にぶつぶつ文句《もんく》を言《い》っていた。父《とう》さんは「チャイル村《むら》までオークションに行《い》ってくる」と声《こえ》をかけてから出《で》かけた。母《かあ》さんはいったん玄関《げんかん》を出《で》たものの引《ひ》き返《かえ》してきた。そして、豚《ぶた》の皮《かわ》を油《あぶら》で揚《あ》げたポーク・クラックリングをひと袋《ふくろ》に、ナシを三《みっ》つ、それから昨夜《さくや》の残《のこ》りのビスケットをルークに渡《わた》した。母《かあ》さんは「これでおなかがすくことはないわ」とつぶやくと、ルークの額《ひたい》に軽《かる》くキスをし、出《で》かけていった。

ルークは階段《かいだん》からキッチンをのぞいた。汚《よご》れたフライパンに食《た》べかすのついた皿《さら》の山《やま》。窓《まど》のほうまで見《み》てはいけないことになっていたが、ちらりとのぞいてみた。するとその瞬間《しゅんかん》、心臓《しんぞう》がビクッと飛《と》びあがった。カーテンが閉《し》まっている。昨日《きのう》の夜《よる》、キッチンの中《なか》が冷《ひ》えてしまわないようにと閉《し》めたのを、今朝《けさ》、開《あ》け忘《わす》れて出《で》かけたのだろう。ルークは思《おも》いきってさらに身《み》を乗《の》りだした。やっぱりそうだ。もうひとつの窓《まど》もカーテンが閉《し》まっている。ここ六《ろっ》か月《げつ》の間《あいだ》ではじめて、だれかに見《み》られるのではないかとビクビクすることなくキッチンに入《はい》ることができる。走《はし》っても、スキップしても、ジャンプしても大丈夫《だいじょうぶ》だ。ダンスだってできる。広《ひろ》いリノリウムの床《ゆか》の上《うえ》を安心《あんしん》して動《うご》きまわれる。洗《あら》い物《もの》を片《かた》づけて母《かあ》さんを驚《おどろ》かすことだってできる。何《なに》をしたっていいのだ。

ルークは恐《おそ》る恐《おそ》る右足《みぎあし》でキッチンの床《ゆか》を踏《ふ》んだが、全体重《ぜんたいじゅう》をかける勇気《ゆうき》はなかった。床《ゆか》がきしんで音《おと》をたてた。ルークは凍《こお》りついた。何《なに》も起《お》こらなかったがとりあえず足《あし》を引《ひ》っこめると、ルークは階段《かいだん》をあがった。二階《にかい》の廊下《ろうか》の窓《まど》をよけて、這《は》うようにして屋根裏部屋《やねうらべや》まで戻《もど》った。

ルークは自分《じぶん》にとことんいやけがさした。

〈ぼくは臆病者《おくびょうもの》だ。弱虫《よわむし》だ。屋根裏部屋《やねうらべや》にずっと閉《と》じこめられて当然《とうぜん》なんだ〉

そう思《おも》ってから、そんな自分《じぶん》に反論《はんろん》した。

〈いや、違《ちが》う。ぼくは用心深《ようじんぶか》いだけだ。計画《けいかく》を立《た》てているだけだ〉

ルークは裏《うら》の通気口《つうきこう》から外《そと》を観察《かんさつ》するために、トランクによじのぼった。家《いえ》の裏手《うらて》の新《あたら》しい家《いえ》にはもう住人《じゅうにん》が入《はい》っていた。ルークはそこに越《こ》してきた家族《かぞく》をすべて知《し》っていて、そのほとんどにあだ名《な》をつけていた。

ビッグ・カー家《け》は私道《しどう》に高級車《こうきゅうしゃ》を四台《よんだい》もとめている。ゴールド家《け》の家族《かぞく》は全員《ぜんいん》、日光《にっこう》のようなゴールド（金色《きんいろ》）の髪《かみ》をしている。バード・ブレイン家《け》は裏庭《うらにわ》のフェンスに鳥《とり》の巣箱《すばこ》を三十《さんじっ》個《こ》も並《なら》べている。そんなことをしても春《はる》になるまで鳥《とり》は来《こ》ないのに。ガーナー家《け》にいちばん近《ちか》いすぐ裏手《うらて》の家《いえ》にはスポーツ家《け》が住《す》んでいる。十代《じゅうだい》の男《おとこ》の子《こ》がふたりいて、テラスにはサッカーボールや野球《やきゅう》のバット、テニスラケット、バスケットボール、ホッケーのスティック、それに試合《しあい》で使《つか》う道具《どうぐ》らしきものであふれかえっていた。

それらの道具《どうぐ》がなんの試合《しあい》に使《つか》われるのかわからなかったが、今日《きょう》はそんなことはどうでもよかった。ルークはすべての家《いえ》の家族《かぞく》が全員《ぜんいん》、出《で》かけていなくなるのを待《ま》っていた。

ルークはどの家《いえ》も朝《あさ》の九時《くじ》までには出《で》はらってしまうということを知《し》っていた。子供《こども》たちは学校《がっこう》に、大人《おとな》たちは仕事《しごと》に出《で》る。三《さん》、四人《よにん》は専業主婦《せんぎょうしゅふ》のようだったが、それでもどこかへ出《で》かけていき、夕方《ゆうがた》になって買《か》い物袋《ものぶくろ》を手《て》に帰《かえ》ってくる。今日《きょう》は病気《びょうき》で家《いえ》にいる人《ひと》がいるかどうかを知《し》りたかった。

最初《さいしょ》はゴールド家《け》が車《くるま》で出《で》かけた。一台《いちだい》の車《くるま》に金髪《きんぱつ》のふたりが、別の一台にも金髪のふたりが乗《の》って出《で》かけた。次《つぎ》はスポーツ家《け》。フットボールのショルダーパッドとヘルメットをもった兄弟《きょうだい》に、かかとの高《たか》い危《あぶ》なっかしいハイヒールを履《は》いた母親《ははおや》。私道《しどう》からは車《くるま》が次々《つぎつぎ》と発車《はっしゃ》し、まだできたばかりの光《ひか》り輝《かがや》く道路《どうろ》の先《さき》に消《き》えた。ルークは人数《にんずう》を数《かぞ》えて、壁《かべ》に数《かず》を刻《きざ》んで記録《きろく》した。そして最後《さいご》にその刻《きざ》んだ数《かず》をさらに二回《にかい》数《かぞ》えた。やっぱり二十八人《にじゅうはちにん》だ。二十八人全員《にじゅうはちにんぜんいん》が出《で》かけていった。もう安全《あんぜん》だ。

ルークは急《いそ》いでトランクからおりると、頭《あたま》をフル回転《かいてん》させて計画《けいかく》を立《た》てた。まずはキッチンを片《かた》づけて、それから夕食用《ゆうしょくよう》にパンを焼《や》く。これまでにパンを焼《や》いたことはなかったが、母《かあ》さんが焼《や》くのを何度《なんど》も見《み》たことがあるからできるはずだ。さらに家中《いえじゅう》のカーテンを閉《し》めて隅《すみ》から隅《すみ》まで掃除《そうじ》できるかもしれない。掃除機《そうじき》は音《おと》がうるさすぎるから使《つか》えないが、ほこりをはらったり汚《よご》れを落《お》としたり磨《みが》いたりはできるだろう。母《かあ》さんはきっと喜《よろこ》ぶに違《ちが》いない。それから午《ご》後《ご》になって、マシューやマーク、近所《きんじょ》の子供《こども》たちが帰《かえ》ってくる前《まえ》に、夕食《ゆうしょく》に何《なに》か用意《ようい》する。ポテトスープがいいだろうか。ああ、これなら毎日《まいにち》だってできる。ルークは今《いま》まで掃除《そうじ》や料理《りょうり》にこれほどわくわくしたことはなかった。マシューやマークは家事《かじ》など女《おんな》のするものだと言《い》っていつもばかにしていた。だけど、何《なに》もしないよりはましだ。それにもしかして、もしかしてだけど、それがうまくいけば、父《とう》さんを説得《せっとく》できるかもしれない。納屋《なや》に忍《しの》びこんで手伝《てつだ》いをさせてもらえるかもしれない。

わくわくしていたルークは、今度《こんど》はなんのためらいもなくキッチンに入《はい》った。床《ゆか》がきしんで音《おと》をたてたところで気《き》にすることはない。だれもいないのだから。ルークはテーブルの上《うえ》の皿《さら》を集《あつ》め、シンクの中《なか》に重《かさ》ねると、念入《ねんい》りに皿洗《さらあら》いを始《はじ》めた。次《つぎ》に小麦粉《こむぎこ》とラードと牛乳《ぎゅうにゅう》とイーストの量《りょう》を量《はか》って、それをすべてボウルに入《い》れた。そのときふと、小《ちい》さな音《おと》だったらラジオをつけても大丈夫《だいじょうぶ》かもしれない、とルークは思《おも》った。だれも聞《き》いていないのだから。それに、もしだれかが聞《き》いていたとしても消《け》し忘《わす》れたのだと思《おも》うだけだろう。カーテンを開《あ》けるのだって忘《わす》れていたのだから。

ルークはパンの生地《きじ》をオーブンに入《い》れ、リビングの絨毯《じゅうたん》から手《て》でほこりをつまみあげた。

そのとき、砂利《じゃり》を踏《ふ》むタイヤの音《おと》がした。午後二時《ごごにじ》だった。スクールバスではないし、父《とう》さんや母《かあ》さんが帰《かえ》ってくるには早《はや》すぎる。ルークは大急《おおいそ》ぎで階段《かいだん》へ向《む》かいながら、それがだれであれ、早《はや》くいなくなってくれることを願《ねが》った。

だが、ついていなかった。車《くるま》のドアが開《あ》き、父《とう》さんの声《こえ》が響《ひび》いた。

「いったい全体《ぜんたい》──」

父《とう》さんが予定《よてい》より早《はや》く帰《かえ》ってきたのだ。家《いえ》の中《なか》はいつもどおりのはずだった。だけど、階段《かいだん》に隠《かく》れていたルークには、突然《とつぜん》ラジオのボリュームがフルオーケストラくらい大《おお》きくなり、パンを焼《や》く匂《にお》いが三《みっ》つ向《む》こうの国《くに》にまで漂《ただよ》っているように感《かん》じられた。

「ルーク!」

父《とう》さんが怒鳴《どな》り声《ごえ》をあげた。

ノブをまわす音《おと》がして、父《とう》さんがドアを開《あ》けた。

「ぼくはただ役《やく》に立《た》ちたかっただけなんだ」

ルークはべそをかきながら言《い》った。

「だれにも見《み》られていないよ。カーテンを開《あ》け忘《わす》れていたから、大丈夫《だいじょうぶ》だと思《おも》ったんだ。それに新《あたら》しい家《いえ》の人《ひと》たちはみんな出《で》かけたよ。ちゃんと確認《かくにん》したんだ。だから──」

父《とう》さんはルークをにらんでぴしゃりと言《い》った。

「絶対《ぜったい》に安全《あんぜん》かどうかなんてわからないだろ。ああいった人《ひと》たちのところにはひっきりなしに配達人《はいたつにん》が来《く》るんだし、病気《びょうき》で仕事《しごと》を早退《そうたい》する人《ひと》もいるかもしれない。日中《にっちゅう》にお手伝《てつだ》いさんが来《く》る家《いえ》だってある——」

ルークは言《い》い返《かえ》すこともできた。子供《こども》が学校《がっこう》から帰《かえ》ってくるまではお手伝《てつだ》いさんは絶対《ぜったい》に来《こ》ないのだと。でも、これ以上《いじょう》、みじめな自分《じぶん》をさらしたくはなかった。

「カーテンは全部《ぜんぶ》閉《し》まってるし、明《あ》かりもつけていない。たとえ外《そと》に千人《せんにん》いたって、だれもぼくがいることに気《き》づかないよ！　お願《ねが》いだよ。何《なに》かやりたいんだ。ほら、パンも作《つく》れるし、掃除《そうじ》だってできるし……」

「政府《せいふ》の調査員《ちょうさいん》や他《ほか》の人《ひと》がここに立《た》ち寄《よ》ったらどうするつもりなんだ？」

「うまく隠《かく》れるよ。いつもそうしてるんだ」

父《とう》さんは首《くび》を横《よこ》に振《ふ》った。

「パンを焼《や》いた匂《にお》いが空《から》っぽの家《いえ》に充満《じゅうまん》しているのに？　わかっていないようだな。見《み》つかったらもうおしまいなんだ。なぜなら——」

ちょうどそのとき、オーブンのブザーがサイレンのような大《おお》きな音《おと》をたてて鳴《な》った。父《とう》さんはルークに怒《いか》りの目《め》を向《む》け、オーブンのところまで大股《おおまた》で歩《ある》いていった。そしてパンの焼《や》き型《がた》をふたつとりだすとレンジの上《うえ》に乱暴《らんぼう》に置《お》いた。それからラジオを消《け》した。

「二度《にど》とキッチンには入《はい》るな。隠《かく》れていろ。これは命令《めいれい》だ」

父《とう》さんは振《ふ》り向《む》きもせずにドアから出《で》ていった。

ルークは逃《に》げるようにして階段《かいだん》をあがった。足《あし》を踏《ふ》みつけて怒《いか》りを爆発《ばくはつ》させたかったが、そうはしなかった。音《おと》をたてるわけにはいかない。部屋《へや》では何《なに》も手《て》につかなかった。イライラして、本《ほん》を読《よ》むことも、何《なに》か別《べつ》のことをする気《き》にもなれなかった。ルークの耳《みみ》には父《とう》さんの言葉《ことば》が響《ひび》き続《つづ》けていた。

〈隠《かく》れていろ。これは命令《めいれい》だ〉

けれど、ルークはこれまでずっと隠《かく》れてきたし、気《き》をつけてもきた。自分《じぶん》が正《ただ》しいことを、少《すく》なくとも自分自身《じぶんじしん》に証明《しょうめい》するかのように、ルークはトランクにのぼって裏《うら》の通気口《つうきこう》から静《しず》まりかえった外《そと》を見《み》た。

私道《しどう》には車《くるま》も人《ひと》も見《み》あたらなかった。動《うご》くものは何《なに》もない。ゴールド家《け》のポールの上《うえ》の旗《はた》や、バード・ブレイン家《け》の作《つく》り物《もの》の風車《ふうしゃ》の羽根《はね》さえぴくりとも動《うご》かない。だが、ルークは視界《しかい》の端《はし》にほんの一瞬《いっしゅん》、何《なに》かをとらえた。スポーツ家《け》の窓《まど》の向《む》こうに。

顔《かお》。

子供《こども》の顔《かお》だ。

あの家《いえ》のふたりの少年《しょうねん》はすでに出《で》かけたはずなのに。

09 窓《まど》に映《うつ》った顔《かお》

　ルークはびっくりして、トランクから転《ころ》げ落《お》ちそうになった。なんとかバランスをとって、もう一度外《いちどそと》を見《み》ると、顔《かお》は見《み》えなくなっていた。勘違《かんちが》いだったのだろうか？　それともスポーツ家《け》の兄弟《きょうだい》のどちらかが家《いえ》に早《はや》く戻《もど》ってきたのだろうか？　父《とう》さんが言《い》うように具合《ぐあい》が悪《わる》くなったか、あるいは学校《がっこう》をサボったのだろうか？　ルークは窓《まど》に見《み》えた顔《かお》、いや見《み》えたと思《おも》った顔《かお》を隅々《すみずみ》まで思《おも》い出《だ》そうとした。あれはスポーツ家《け》の兄弟《きょうだい》よりもずっと幼《おさな》い顔《かお》だった。丸《まる》みをおびた顔《かお》だった。

　もしかしたら泥棒《どろぼう》だったのかも。それかお手伝《てつだ》いさんが早《はや》めに来《き》たとか。

　違《ちが》う。あれは子供《こども》の顔《かお》だった。あれは——。

　ルークは、あの家《いえ》にいるもうひとりの子供《こども》がもしかしたらルークと同《おな》じような存在《そんざい》かもしれないということは考《かんが》えないようにした。

そのあと、何時間《なんじかん》もスポーツ家《け》を見張《みは》っていたが、二度《にど》とその顔《かお》はあらわれなかった。そしてなんの変化《へんか》もないまま夕方《ゆうがた》の六時《ろくじ》になり、スポーツ家《け》の兄弟《きょうだい》がジープで帰宅《きたく》した。フットボールの道具《どうぐ》をおろし、家《いえ》の中《なか》へそれを運《はこ》んだが、「泥棒《どろぼう》にやられた」と叫《さけ》びながら家《いえ》から飛《と》びだしてきたりはしなかった。

それにルークは泥棒《どろぼう》が出《で》てくるところなど目撃《もくげき》していないし、お手伝《てつだ》いさんが帰《かえ》る姿《すがた》も見《み》ていなかった。

六時半《ろくじはん》になり、母《かあ》さんがドアをノックしたので、ルークはしぶしぶトランクからおりた。ルークはベッドに腰《こし》をかけ、気《き》もそぞろに「どうぞ」とつぶやいた。

母《かあ》さんは駆《か》けよってきてルークを抱《だ》きしめた。

「ルーク、ごめんなさい。ただ手伝《てつだ》ってくれようとしただけなのよね。びっくりするくらいきれいになってたわ。毎日《まいにち》、同《おな》じことをしてくれたら本当《ほんとう》に助《たす》かるのよ。でも父《とう》さんが、だめだって――」

ルークは窓《まど》の向《む》こうに見《み》えた顔《かお》のことで頭《あたま》がいっぱいで、最初《さいしょ》は母《かあ》さんの言《い》っていることが理解《りかい》できなかった。それから、ああ、パンを焼《や》いて、掃除《そうじ》をして、ラジオをつけたことを言《い》っているんだ、と気《き》づいた。

「別《べつ》にいいよ」

ルークはボソッと言《い》った。

でも、本当《ほんとう》は納得《なっとく》できなかった。再《ふたた》びルークの中《なか》に怒《いか》りがこみあげてきた。なぜ父《とう》さんや母《かあ》さんはそこまで用心《ようじん》しなければならないのだろう？　だったら屋根裏部屋《やねうらべや》のトランクにでもルークを押《お》しこめておけばいいのに。

「父《とう》さんに頼《たの》んでみてくれない？　父《とう》さんを説得《せっとく》できれば――」

母《かあ》さんはルークの顔《かお》にかかった髪《かみ》の毛《け》をはらった。

「わかったわ。だけど、父《とう》さんもあなたを守《まも》ろうとしているのよ。わかるでしょ？　見《み》つかったらおしまいなのよ」

もし、スポーツ家《け》の窓《まど》に見《み》えた顔《かお》が三番目《さんばんめ》の子供《こども》の顔《かお》だったとしても、だから何《なに》ができるというのだろう？　ルークとその子《こ》が隣《となり》どうしで暮《く》らしていても一生会《いっしょうあ》うことはないのだ。ルークがその子《こ》の顔《かお》を見《み》ることはもう二度《にど》とないかもしれないし、その子《こ》も絶対《ぜったい》にルークを見《み》ることはない。

ルークはうなだれてこう聞《き》いた。

「ぼくはどうすればいいの？　ぼくは何《なに》もできない。この部屋《へや》で一生《いっしょう》じっとして暮《く》らさなくちゃいけないの？」

母《かあ》さんはルークの髪《かみ》の毛《け》をなでたが、それがルークにはむずがゆく、イライラした。

「まあ、ルーク。あなたはいろんなことができるじゃない。好《す》きなときに本《ほん》を読《よ》んだりゲームをしたり眠《ねむ》ったり……。母《かあ》さんだって今《いま》すぐにでもそんな生活《せいかつ》がしたいわ」

「そんなのうそだ」

ルークはそうつぶやいたが、その声《こえ》は小《ちい》さく、母《かあ》さんには聞《き》きとれなかったようだ。母《かあ》さんには絶対《ぜったい》に自分《じぶん》の気持《きも》ちなどわからないだろう、とルークは思《おも》った。

もしスポーツ家《け》に三番目《さんばんめ》の子供《こども》がいるとしたら。その子《こ》にはわかるだろうか？　その子《こ》ならルークと同《おな》じような気持《きも》ちになるのだろうか？

10 さまざまな疑問《ぎもん》

夕食《ゆうしょく》のために下《した》におりると、ルークの焼《や》いた二斤《にきん》のパンが、祝日《しゅくじつ》や特別《とくべつ》な日《ひ》にしか使《つか》わない陶器《とうき》の皿《さら》の上《うえ》にのっていた。パンを引《ひ》き立《た》てようと母《かあ》さんがそうしたのだ。マシューやマークが幼《おさな》いころに描《か》いたくしゃくしゃの絵《え》を母《かあ》さんがセロハンテープで直《なお》して体裁《ていさい》を整《ととの》えたように。けれど、いつものパンとはどこか違《ちが》っていた。イーストが足《た》りなかったのかもしれない。それに生地《きじ》をこねすぎたのだろうか。いや、もっとこねるべきだったのかも。パンはぺちゃんこで、テーブルの真《ま》ん中《なか》で不格好《ぶかっこう》な情《なさ》けない姿《すがた》をさらしていた。

いっそ捨《す》ててくれればよかったのに、とルークは思《おも》った。

「今日《きょう》は寒《さむ》いんだから、カーテンを閉《し》めても大丈夫《だいじょうぶ》だよ。みんなと一緒《いっしょ》に座《すわ》ってもいい？」

ルークは階段《かいだん》の下《した》まで来《く》るとそう言《い》った。

「あら、ルーク――」

母《かあ》さんがそう言《い》いかけたところで、父《とう》さんが口《くち》をはさんだ。

「カーテンに映《うつ》った影《かげ》をだれかに見《み》られてしまうかもしれないだろ」

「ぼくの影《かげ》だなんてわかりっこないよ」

「だけど五人《ごにん》の影《かげ》が映《うつ》っていたら不審《ふしん》に思《おも》う人《ひと》がいるかもしれないわ」

母《かあ》さんが辛抱強《しんぼうづよ》く言《い》った。

「ルーク、みんなあなたのためなのよ。厚《あつ》く切《き》ったパンはどう？　コールドビーフと豆《まめ》の缶詰《かんづめ》もあるわよ」

ルークはあきらめて階段《かいだん》に座《すわ》った。

マシューが父《とう》さんにオークションのことを聞《き》いた。

「わざわざあそこまで行《い》ったのに収穫《しゅうかく》はなかったよ。トラクターが出品《しゅっぴん》されるのを四時間《よじかん》も待《ま》ったのに、開始価格《かいしかかく》も払《はら》えないくらい高《たか》くてね」

父《とう》さんがうんざりしたように言《い》った。

「だけど、暗《くら》くなる前《まえ》に家《いえ》に帰《かえ》ってきて裏《うら》のフェンスを修理《しゅうり》できたじゃない」

母《かあ》さんがパンを切《き》りながらそう言《い》った。

〈それにぼくを怒鳴《どな》ることもできたしね〉

ルークは心《こころ》の中《なか》でいやみを言《い》った。

ぼくはどうしちゃったんだろう、とルークは思《おも》った。いつもと同《おな》じで何《なに》も変《か》わっていないのに。ただ、ルークと同《おな》じような立場《たちば》のだれかの顔《かお》を見《み》たかもしれないという点《てん》をのぞいては——。

マシューとマークは突然《とつぜん》、母《かあ》さんが切《き》り分《わ》けているパンに気《き》づいた。

「失敗《しっぱい》したの？」

マークが母《かあ》さんに聞《き》いた。

「見《み》た目《め》は悪《わる》くてもおいしいはずよ。ルークが焼《や》いたはじめてのパンなの」

「これっきりだけどね」

ルークはそうつぶやいたが、その小《ちい》さな声《こえ》はだれにも届《とど》かなかった。みんなと離《はな》れた場所《ばしょ》に座《すわ》ることにはこんな都合《つごう》のいいこともあるのだ。

「ルークがパンを焼《や》いたの？」

マークがびっくりしたようにそう聞《き》いた。

「そうだよ。ふたつのうちのどっちかに特別《とくべつ》な毒《どく》を混《ま》ぜたんだ。十四歳《じゅうよんさい》にしかきかない毒《どく》をね」

「ゲーッ」

ルークはそう言《い》うと、手《て》で自分《じぶん》の首《くび》を絞《し》めて、口《くち》から舌《した》をだらりと出《だ》し、首《くび》を横《よこ》に倒《たお》して死《し》んだ真似《まね》をした。

「ぼくにやさしくしてくれたら、どっちだか教《おし》えてあげるよ」

それでマークは口《くち》を閉《と》じたが、今度《こんど》は母《かあ》さんがしかめっつらをした。自分《じぶん》の言《い》ったジョークにルークの心《こころ》はざわついていた。もちろん、毒《どく》なんか入《い》れたことはなかったが——もしマシューかマークの身《み》に何《なに》かあってどちらかがいなくなったら、ルークはもう隠《かく》れなくていいのだろうか？　ルークは正式《せいしき》に二番目《にばんめ》の息子《むすこ》になり、マシューやマークの行《い》っている町《まち》や学校《がっこう》や他《ほか》の場所《ばしょ》にも行《い》けるのだろうか？　両親《りょうしん》はルークがすでに十二歳《じゅうにさい》になっていることをちゃんと説明《せつめい》できるのだろうか？

それは絶対《ぜったい》に聞《き》くことのできない質問《しつもん》だった。ルークはそんなことを考《かんが》えてしまったことに罪悪感《ざいあくかん》を覚《おぼ》えた。

マークはわざとらしい身《み》ぶりでパンを口《くち》に運《はこ》んだ。

「おまえの言《い》うことなんか怖《こわ》くないよ」

マークは挑発《ちょうはつ》するようにそう言《い》って、パンにかぶりついた。そして飲《の》みこもうとして喉《のど》を詰《つ》まらせたふりをした。

「水《みず》を、水《みず》を、早《はや》く！」

マークはグラスの水《みず》を半分《はんぶん》ほどがぶ飲《の》みしてルークをにらんだ。

「本当《ほんとう》に毒《どく》の味《あじ》がしたよ」

ルークもパンにかぶりついた。すぐにぽろぽろと崩《くず》れてしまう、パサついた味《あじ》けのないパンだった。母《かあ》さんの焼《や》くパンとは大違《おおちが》いだ。みんなそのことはわかっていた。父《とう》さんや母《かあ》さんまでも、パンをかみながら顔《かお》をしかめていた。とうとう父《とう》さんがパンを皿《さら》に戻《もど》して言《い》った。

「気《き》にするな、ルーク。どのみち、おれの息子《むすこ》がパン焼《や》きの名人《めいじん》になってもうれしくはないからな。そのために男《おとこ》は結婚《けっこん》するんだ」

マシューとマークが大笑《おおわら》いした。

「もうすぐ結婚《けっこん》するだろ、ルーク」

マークがからかった。

「そうだよ」

ルークは無理《むり》をしてそう言《い》った。マークのように無邪気《むじゃき》に聞《き》こえていればいいのだけれど、と思《おも》いながら。

「だけど、結婚式《けっこんしき》には呼《よ》ばないよ」

ルークはおなかのあたりに冷《つめ》たくて硬《かた》いかたまりを感《かん》じたが、それは今食《いまた》べたばかりのパンのかたまりではなかった。当然《とうぜん》、ルークは結婚《けっこん》などできない。それどころか、ルークにできることなど何《なに》もないのだ。一生《いっしょう》、家《いえ》から出《で》ることはないのだから。

マークは、今度《こんど》はマシューをからかい始《はじ》めた。マシューにはガールフレンドがいるらしい。ルークはみんなが声《こえ》をあげて笑《わら》う様子《ようす》を見《み》つめていた。

「もう上《うえ》に行《い》ってもいいかな？」

ルークが聞《き》いた。

みんなは驚《おどろ》いてルークを見《み》た。いつもだったら、そう切《き》り出《だ》すのはいつもルークが最後《さいご》だった。母《かあ》さんはよく「ルークともう少《すこ》しおしゃべりしてあげられないの？」とマシューやマークに聞《き》いた。

「もうごちそうさま?」

「あんまりおなかがすいてないんだ」

母《かあ》さんは心配《しんぱい》そうにルークを見《み》たが、それでもわかったというようにうなずいた。

ルークは部屋《へや》に戻《もど》ると、裏《うら》の通気口《つうきこう》のそばのいつもの場所《ばしょ》に座《すわ》った。暗闇《くらやみ》のほうが新《あたら》しい家《いえ》の様子《ようす》がはっきり見《み》える。家々《いえいえ》の窓《まど》は夜《よる》の闇《やみ》を背《せ》に明《あか》るく光《ひか》っていた。ルークの家《いえ》のように夕食《ゆうしょく》を食《た》べている家族《かぞく》もある。ダイニングルームのテーブルを四人《よにん》で囲《かこ》んでいる家族《かぞく》もあれば、三人《さんにん》で囲《かこ》んでいる家族《かぞく》もあった。カーテンをおろしている家《いえ》でも、薄手《うすで》の布《ぬの》に中《なか》にいる人《ひと》たちの影《かげ》が映《うつ》っている。

だが、スポーツ家《け》だけは違《ちが》っていた。すべての窓《まど》が、ブラインドで完全《かんぜん》にさえぎられていた。

11 だれかのいる証拠《しょうこ》

ルークはそのあともずっとスポーツ家《け》を観察《かんさつ》し続《つづ》けた。それまでは早朝《そうちょう》と夕方《ゆうがた》の住人《じゅうにん》がいる時間帯《じかんたい》にしか裏《うら》の通気口《つうきこう》をのぞいたことはなかった。でも、あの顔《かお》が見《み》えたのは午後《ごご》の二時《にじ》ごろだった。あの子《こ》も近所《きんじょ》の人《ひと》たちの生活《せいかつ》パターンを知《し》っていて、安全《あんぜん》な時間帯《じかんたい》には気《き》をゆるめるのかもしれない。

三日間《みっかかん》は何《なに》も起《お》こらなかった。

四日目《よっかめ》、ようやく収穫《しゅうかく》があった。午前十一時《ごぜんじゅういちじ》ちょうど、二階《にかい》の窓《まど》のブラインドの羽板《はねいた》が一枚《いちまい》、すばやく動《うご》いた。

七日目《なのかめ》の朝《あさ》、一階《いっかい》の窓《まど》のブラインドがあがったままになっていた。九時七分《くじななふん》、ルークはそこから明《あ》かりがついて、また消《き》えるのを見《み》た。スポーツ家《け》の家族全員《かぞくぜんいん》が出《で》かけてから丸二時間《まるにじかん》がたっていた。その三十分後《さんじっぷんご》、スポーツ家《け》の母親《ははおや》が赤《あか》い車《くるま》で戻《もど》ってきて家《いえ》の中《なか》に入《はい》った。二分後《にふんご》、一階《いっかい》のそのブラインドは閉《し》まっていた。母親《ははおや》はすぐにまた出《で》かけた。

十三日目《じゅうさんにちめ》、季節《きせつ》はずれの陽気《ようき》で、屋根裏部屋《やねうらべや》にいるルークは汗《あせ》ばんでいた。スポーツ家《け》の窓《まど》のいくつかは開《あ》けっ放《ぱな》しになっていたが、ブラインドはおりていた。風《かぜ》が何度《なんど》かブラインドを揺《ゆ》らした。時間《じかん》の経過《けいか》とともに、ある部屋《へや》に明《あ》かりがついたり、別《べつ》の部屋《へや》に明《あ》かりがついたりした。一度《いちど》などはテレビ画面《がめん》の光《ひかり》らしきものが見《み》えた。

もはや疑《うたが》いようはなかった。だれかがスポーツ家《け》に隠《かく》れている。

問題《もんだい》は、そのことを知《し》ったルークに何《なに》ができるのか、ということだ。

12 大《おお》きな賭《か》け

収穫《しゅうかく》の季節《きせつ》になった。マシューとマークは学校《がっこう》へ行《い》くかわりに父《とう》さんの手伝《てつだ》いで刈《か》り入《い》れをしなければならなかった。三人《さんにん》は夜明《よあ》けから真夜中《まよなか》まで休《やす》みなく働《はたら》くこともあった。母《かあ》さんの工場《こうじょう》も今《いま》まで以上《いじょう》に忙《いそが》しくなり、毎日《まいにち》のように二《に》、三時間《さんじかん》は残業《ざんぎょう》をするようになった。母《かあ》さんは両手《りょうて》いっぱいに食《た》べ物《もの》を抱《かか》えてルークの部屋《へや》へあがってきた。ひとりきりでもルークがおなかをすかせることがないようにと。

「ほら、見《み》て！」

母《かあ》さんは明《あか》るくそう言《い》った。そしてクラッカーの箱《はこ》やフルーツの入《はい》った袋《ふくろ》を次々《つぎつぎ》と並《なら》べた。

「これだけあれば、みんないなくても困《こま》らないでしょ」

母《かあ》さんの目《め》は、どうか不満《ふまん》を言《い》わないでほしいと訴《うった》えているようだった。

「うん。ぼくはひとりでも大丈夫《だいじょうぶ》だよ」

ルークはうれしそうなふりをした。

ルークはもう気《き》が向《む》いたときだけにしかスポーツ家《け》を観察《かんさつ》しなかった。他《ほか》にどんな証拠《しょうこ》が必要《ひつよう》だというのだろう？　三番目《さんばんめ》の子供《こども》がいたとしてルークになんのメリットがあるというのだ。その子《こ》が裏庭《うらにわ》にやってきて「やあ、ルーク。外《そと》で遊《あそ》ぼうよ！」と声《こえ》をかけてくれるのを期待《きたい》しろとでもいうのだろうか？

ルークはひとりぼっちでリンゴをかじった。そしてさみしくクラッカーを口《くち》に運《はこ》んだ。けれども、知《し》らず知《し》らずのうちに、とんでもない考《かんが》えが心《こころ》に芽生《めば》え、それが日《ひ》ごとにより具体的《ぐたいてき》な計画《けいかく》へとふくらんでいった。

あの三番目《さんばんめ》の子供《こども》に会《あ》うために、スポーツ家《け》に忍《しの》びこんだらどうなるだろう？やろうと思《おも》えばできる。不可能《ふかのう》ではない。理屈《りくつ》のうえでは。

ルークは丸一日《まるいちにち》かけて、スポーツ家《け》に侵入《しんにゅう》する作戦《さくせん》を立《た》てた。まず植《う》え込《こ》みや納屋《なや》に隠《かく》れながら裏庭《うらにわ》を横切《よこぎ》る。ほんの二《に》メートルほど先《さき》にあるスポーツ家《け》の裏庭《うらにわ》の木《き》まで這《は》っていく。そこからはスポーツ家《け》とバード・ブレイン家《け》の境《さかい》にあるフェンスに隠《かく》れながら進《すす》む。あの鳥《とり》の巣《す》箱《ばこ》がいい具合《ぐあい》に隠《かく》してくれるかもしれない。そのあとは、ほんの三歩《さんぽ》ほどでスポーツ家《け》の裏口《うらぐち》に出《で》る。ガラスの引《ひ》き戸《ど》は暖《あたた》かい日《ひ》には開《あ》けっ放《ぱな》しで網戸《あみど》になっているはずだ。やろうと思《おも》ったらできないことはない。

でも、ルークにそんなことができるだろうか？

できるわけがない。けれど、もしかしたら——。

通気口《つうきこう》から見《み》えるカエデの木《こ》の葉《は》が赤《あか》や黄《き》に色《いろ》づき始《はじ》めると、ルークはパニックになった。スポーツ家《け》に忍《しの》びこむには、身《み》を隠《かく》せる木《こ》の葉《は》が茂《しげ》っていなければならない。二《に》の足《あし》を踏《ふ》んでいるうちに木《き》は丸裸《まるはだか》になってしまうだろう。

ルークは毎朝《まいあさ》、冷《ひ》や汗《あせ》をかいて目《め》を覚《さ》ますようになった。

〈今日《きょう》こそは実行《じっこう》できるかもしれない。やれるだろうか？〉

そのことを考《かんが》えるだけでおなかがぎゅっと締《し》めつけられた。

十月《じゅうがつ》のはじめに、三日間《みっかかん》、雨《あめ》が降《ふ》り続《つづ》いた。ルークは雨降《あめふ》りの日《ひ》には計画《けいかく》が実行《じっこう》できないことに、そのことを考《かんが》えなくてもすむことに、ほっとさえしていた。ぬかるみに足跡《あしあと》を残《のこ》すのは危険《きけん》だ。それに、父《とう》さんとマシューとマークが近《ちか》くにいる。家《いえ》と納屋《なや》を行《い》ったり来《き》たりしながら、畑《はたけ》に出《で》られないことにぶつくさ文句《もんく》を言《い》っていた。

ついに雨《あめ》がやみ、畑《はたけ》が乾《かわ》いたので、父《とう》さんとマシューとマークはコンバインやトラクターに乗《の》って、家《いえ》からずっと離《はな》れた畑《はたけ》で作業《さぎょう》を始《はじ》めた。

ルークの家《いえ》の裏庭《うらにわ》もスポーツ家《け》の裏庭《うらにわ》も地面《じめん》が乾《かわ》いた。

そしてまた暖《あたた》かくなったので、スポーツ家《け》はガラス戸《ど》を開《あ》け放《はな》した。

裏庭《うらにわ》の木々《きぎ》の葉《は》は枝《えだ》にとどまっていたが、次《つぎ》に雨《あめ》が降《ふ》ればすべて落《お》ちてしまうだろう。

雨《あめ》があがって三日目《みっかめ》の朝《あさ》、いつもの場所《ばしょ》に座《すわ》って近所《きんじょ》にだれもいない風景《ふうけい》を眺《なが》めていると、ルークの胃《い》はむかむかしてきた。もし決行《けっこう》するなら、今日《きょう》こそがその日《ひ》だということはわかっていた。春《はる》までは待《ま》てないだろう。それまで待《ま》つなんて絶対《ぜったい》に我慢《がまん》できない。

ルークは二十八人《にじゅうはちにん》の住人《じゅうにん》が八台《はちだい》の車《くるま》と一台《いちだい》のスクールバスに乗《の》って出《で》かけるのを確認《かくにん》した。両手《りょうて》を震《ふる》わせながら、ルークは壁《かべ》に刻《きざ》んだ数《かず》を数《かぞ》えた。そして一度《いちど》、二度《にど》、三度《さんど》と数《かぞ》え直《なお》した。二十八人《にじゅうはちにん》。そうだ。二十八人《にじゅうはちにん》。やっぱりそうだ。これは魔法《まほう》の数字《すうじ》だ。

耳《みみ》の中《なか》でどくどくと波打《なみう》つ血液《けつえき》の音《おと》が聞《き》こえた。ルークは放心状態《ほうしんじょうたい》で階段《かいだん》をおりるとキッチンへ向《む》かった。そして――裏口《うらぐち》から外《そと》へ出《で》た。

13 スポーツ家《け》

ルークは新鮮《しんせん》な空気《くうき》というものを忘《わす》れていた。鼻《はな》から肺《はい》いっぱいに空気《くうき》を吸《す》いこんだ。気持《きも》ちよかった。背中《せなか》を家《いえ》の壁《かべ》に押《お》しつけて、つかの間《ま》そこで深呼吸《しんこきゅう》をした。家《いえ》の中《なか》にこもっていた数《すう》か月《げつ》が、突然《とつぜん》すべて夢《ゆめ》のように感《かん》じられた。暖《あたた》かい季節《きせつ》に冬《ふゆ》ごもりしてしまったとんちんかんな動物《どうぶつ》になったような気分《きぶん》だった。ルークが覚《おぼ》えている最後《さいご》の現実《げんじつ》は、木《き》が切《き》り倒《たお》された日《ひ》に、母《かあ》さんに中《なか》に入《はい》るようにと命《めい》じられたときだった。本当《ほんとう》の人生《じんせい》は外《そと》の世界《せかい》にあるようだった。

だけど、外《そと》の世界《せかい》は危険《きけん》でもある。長《なが》く外《そと》にいればいるほど、それだけ危険《きけん》も増《ま》す。

ルークは身《み》をかがめると、半分這《はんぶんは》うように、半分走《はんぶんはし》るようにして、家《いえ》や植《う》え込《こ》みや納屋《なや》にそって裏庭《うらにわ》を進《すす》んだ。納屋《なや》の端《はし》まで来《く》ると、ルークはためらった。納屋《なや》からスポーツ家《け》の裏庭《うらにわ》にある木《き》までがとてつもなく遠《とお》いように思《おも》えた。

〈みんないないんだ。ぼくを見《み》てる人《ひと》なんてだれもいないんだ〉

ルークは心《こころ》の中《なか》でそうつぶやいた。

それでも、ルークは足《あし》もとのすぐ先《さき》に広《ひろ》がる草《くさ》むらを見《み》つめたまま動《うご》かなかった。生《う》まれたときから言《い》われ続《つづ》けてきた。今《いま》、目《め》の前《まえ》に広《ひろ》がっているような開《ひら》けた場所《ばしょ》を恐《おそ》れなくてはいけないのだと。何十《なんじゅう》もの窓《まど》に取《と》り囲《かこ》まれているかもしれない。だから、たとえ、人《ひと》っ子《こ》ひとりいなくても、公共《こうきょう》の場所《ばしょ》に足《あし》を踏《ふ》み入《い》れてはならない。

納屋《なや》の陰《かげ》に隠《かく》れたまま、ルークは片足《かたあし》をほんの少《すこ》しだけ前《まえ》に出《だ》し、またそれを引《ひ》っこめた。振《ふ》り返《かえ》って自分《じぶん》の家《いえ》を見《み》た。安全《あんぜん》で安心《あんしん》できる場所《ばしょ》。ルークの聖域《せいいき》だった。頭《あたま》の中《なか》で母《かあ》さんの声《こえ》がした。

〈ルーク！　中《なか》に入《はい》るのよ。さあ〉

まるで本当《ほんとう》に聞《き》こえてくるようだった。ルークは屋根裏部屋《やねうらべや》にあるテレパシーについての本《ほん》を思《おも》い出《だ》した。それによれば、本当《ほんとう》に愛《あい》する人《ひと》が危険《きけん》にさらされているときは、ずっと離《はな》れた場所《ばしょ》からでも警告《けいこく》する声《こえ》を届《とど》けることができるという。

家《いえ》に戻《もど》るべきだ。そうすれば安全《あんぜん》なのだから。

ルークは深呼吸《しんこきゅう》をした。行《ゆ》く手《て》にあるスポーツ家《け》を見《み》て、それから自分《じぶん》の家《いえ》を振《ふ》り返《かえ》った。家《いえ》に戻《もど》ることを考《かんが》えた。古《ふる》ぼけた階段《かいだん》を重《おも》い足《あし》どりでのぼり、いつもの部屋《へや》でじっと壁《かべ》を見続《みつづ》ける日々《ひび》に戻《もど》ることを。突然《とつぜん》、ルークは自分《じぶん》の家《いえ》がいやでたまらなくなった。そこは聖域《せいいき》などではない。刑務所《けいむしょ》だ。

もう一度《いちど》考《かんが》える間《ま》もなく、ルークは全力《ぜんりょく》で走《はし》りだし、猛然《もうぜん》と草《くさ》むらを横切《よこぎ》った。木々《きぎ》の陰《かげ》に隠《かく》れようともしなかった。そして、スポーツ家《け》の裏口《うらぐち》に向《む》かってまっしぐらに走《はし》っていき、網《あみ》戸《ど》を引《ひ》いた。

だが、網戸《あみど》には鍵《かぎ》がかかっていた。

14 きみはだれ？

網戸《あみど》に鍵《かぎ》がかかっていることなど想定外《そうていがい》だった。ルークの両親《りょうしん》も夜《よる》は鍵《かぎ》をかけている――忘《わす》れないかぎりは――けれども、普段《ふだん》はルークのために鍵《かぎ》を開《あ》けっ放《ぱな》しにしていた。他人《たにん》の家《いえ》のドアには近《ちか》づいたことさえなかった。

〈しまった〉

ルークは心《こころ》の中《なか》でつぶやいた。

ルークはさらに力《ちから》をこめて網戸《あみど》を引《ひ》いたが、あわてていて両手《りょうて》をうまく使《つか》うことができない。一秒過《いちびょうす》ぎるごとに、うなじの毛《け》がどんどん逆立《さかだ》っていくようだった。今《いま》までにこれほど無防備《むぼうび》な状態《じょうたい》にさらされたことはなかった。

〈急《いそ》げ、急《いそ》げ、急《いそ》げ。隠《かく》れるんだ〉

網戸《あみど》はぴくりともしない。

〈引《ひ》き返《かえ》さなければ。今《いま》すぐに〉

頭《あたま》の中《なか》の声《こえ》はそう警告《けいこく》していた。それでも、ルークは片手《かたて》を網戸《あみど》のすきまに押《お》しこんで、網《あみ》を端《はし》からはがし、内側《うちがわ》に手《て》を入《い》れた。網《あみ》が手《て》の甲《こう》や腕《うで》にこすれたがやめなかった。そして内側《うちがわ》から鍵《かぎ》を探《さぐ》っていると、カチッという音《おと》がした。

ルークはそっと網戸《あみど》を引《ひ》いた。そしてブラインドのおりた戸口《とぐち》から家《いえ》の中《なか》に足《あし》を踏《ふ》み入《い》れた。部屋《へや》の中《なか》はどの窓《まど》もブラインドで目隠《めかく》しされていたが、広々《ひろびろ》として明《あか》るかった。ペンキを塗《ぬ》ったばかりの壁《かべ》、きらきら光《ひか》るガラスのテーブル、磨《みが》きあげられた床《ゆか》。すべてが新《あたら》しく、ルークは圧倒《あっとう》されて部屋《へや》を見《み》まわした。ルークの家《いえ》の家具《かぐ》は思《おも》い出《だ》すかぎりずっと昔《むかし》からそこにあって、もとの模様《もよう》やデザインはとっくの昔《むかし》にすりきれ、色《いろ》あせていた。オレンジ色《いろ》のソファも緑《みどり》色《いろ》の椅子《いす》もすべて今《いま》では同《おな》じような茶色《ちゃいろ》っぽい灰色《はいいろ》に変色《へんしょく》している。でも、この部屋《へや》はまったく違《ちが》っていた。ルークは『新品《しんぴん》』という言葉《ことば》を思《おも》い出《だ》した。だれかがその言葉《ことば》を使《つか》うのを聞《き》いたことはなかったが、本《ほん》で読《よ》んだことならあった。この真《ま》っ白《しろ》い絨毯《じゅうたん》の上《うえ》を肥料《ひりょう》まみれのブーツで歩《ある》く人《ひと》などいないのだろう。この空色《そらいろ》のソファにトウモロコシの粉《こな》のついたジーンズで座《すわ》る人《ひと》などいないのだろう。

あまりにも圧倒《あっとう》されていたルークは、ドアのところにずっと突《つ》っ立《た》ったままでいた。すると、だれかが別《べつ》の部屋《へや》でせきをした。それから、ビービービーという変《へん》な音《おと》がした。ルークは忍《しの》び足《あし》で音《おと》のするほうへ向《む》かった。見《み》つかるより、先《さき》に見《み》つけるほうがましだ。

ルークは長《なが》い廊下《ろうか》を進《すす》んだ。その短《みじか》いビープ音《おん》はブ――――という長《なが》い音《おと》に変《か》わり、つきあたりの部屋《へや》から聞《き》こえてくる。

ルークは息《いき》をひそめたまま部屋《へや》のドアまで近《ちか》づくと、立《た》ち止《ど》まって勇気《ゆうき》をふるいおこした。心臓《しんぞう》がバクバク音《おと》をたてていた。今《いま》なら顔《かお》を見《み》られずに引《ひ》き返《かえ》せる。自分《じぶん》の家《いえ》に、屋根裏部屋《やねうらべや》に、いつもどおりの安全《あんぜん》な生活《せいかつ》に戻《もど》れる。だけど、ルークがずっと知《し》りたかったのは――。

ルークはゆっくりと身《み》を乗《の》りだしてドアから部屋《へや》の中《なか》をのぞいた。部屋《へや》には椅子《いす》と机《つくえ》がひとつずつ、それにおそらくパソコンとおぼしき大《おお》きな装置《そうち》が置《お》かれてあった。そして、そのパソコンに向《む》かって、猛然《もうぜん》とキーボードをたたいていたのは、女《おんな》の子《こ》だった。

ルークは予想外《よそうがい》のことに目《め》をパチクリさせた。どういうわけか、スポーツ家《け》の三番目《さんばんめ》の子供《こども》が女《おんな》の子《こ》だとは思《おも》ってもみなかったのだ。女《おんな》の子《こ》はルークにほとんど背《せ》を向《む》けるようにして座《すわ》っていた。スポーツ家《け》の兄弟《きょうだい》がいつも着《き》ているようなジーンズに灰色《はいいろ》のトレーナー姿《すがた》だった。

その黒髪《くろかみ》はルークと同《おな》じくらい短《みじか》かった。それでも、頬《ほお》のふくらみや、首《くび》のかしげ方《かた》や、トレーナーが体《からだ》にぴったりした感《かん》じ、いや、ぴったりしていない感《かん》じなど、どこかしらルークとは違《ちが》っていた。

ルークの頬《ほお》が赤《あか》くなった。唾《つば》をごくりと飲《の》みこんだ。女《おんな》の子《こ》が振《ふ》り向《む》いた。

「ぼくは――」

ルークは何《なに》か言《い》おうと声《こえ》をだした。けれど、次《つぎ》の言葉《ことば》を考《かんが》える間《ま》もなく、ルークは自分《じぶん》のほうに向《む》かってきた少女《しょうじょ》に張《は》り倒《たお》された。そして腕《うで》を背中《せなか》にまわされ、絨毯《じゅうたん》に顔《かお》を埋《うず》めるようにして床《ゆか》に押《お》さえつけられた。ルークは顔《かお》をあげて息《いき》をしようともがいた。

「それで」

少女《しょうじょ》がルークの耳《みみ》もとでささやいた。

「うまくいくとでも思《おも》ったの？　たったひとりで留守番《るすばん》している、か弱《よわ》くて無防備《むぼうび》な女《おんな》の子《こ》になら近《ちか》づけるとでも？　うちのセキュリティ・システムについて知《し》らなかったようね。あんたが家《いえ》に忍《しの》びこんだ瞬間《しゅんかん》に、警備員《けいびいん》に通報《つうほう》がいってるのよ。すぐにやってくるわ」

ルークはパニックになった。これで死《し》ぬことになるのだろうか。説明《せつめい》しなければならない。

逃《に》げなければならない。

「だめだ」

ルークは言《い》った。

「警備員《けいびいん》を来《こ》させないで。ぼくは——」

「あら、何《なに》よ？　警備員《けいびいん》を止《と》めようなんて何様《なにさま》のつもり？」

ルークは必死《ひっし》で顔《かお》をあげようとした。そして心《こころ》に浮《う》かんだ最初《さいしょ》の言葉《ことば》を吐《は》きだした。

「人口警察《じんこうけいさつ》」

少女《しょうじょ》はルークから手《て》を離《はな》した。

15 はじめての出会《であ》い

ルークは体《からだ》を起《お》こすと、腕《うで》が折《お》れていないか確《たし》かめた。

「でたらめを言《い》わないで」

少女《しょうじょ》はそう言《い》ったが、もうルークを組《く》み敷《し》こうとはしなかった。少女《しょうじょ》はしゃがんだまま、しばらく面食《めんく》らったような顔《かお》をしていた。それから、にっこりと笑《わら》った。

「わかったわ！　あなたもそうなのね。『人口警察《じんこうけいさつ》』って、合言葉《あいことば》にちょうどいいわ。デモで使《つか》おうかしら」

ルークは困惑《こんわく》して眉《まゆ》をひそめた。

少女《しょうじょ》はくすくす笑《わら》った。

「だから、あなたもシャドウ・チルドレンなんでしょ？」

「シャドウ――？」

ルークはどうして自分《じぶん》の頭《あたま》はこんなにも回転《かいてん》が遅《おそ》いのだろう、と思《おも》った。少女《しょうじょ》がルークの考《かんが》えも及《およ》ばないことを話《はな》しているからなのだろうか？

「あなたはその言葉《ことば》を使《つか》わないの？」

少女《しょうじょ》がたずねた。

「『シャドウ・チルドレン』っていうのはどこでも通《つう》じる言葉《ことば》だと思《おも》っていたけど。ほら、違《い》反者《はんしゃ》のことよ。『人口規制法第三九〇三条《じんこうきせいほうだいじょう》』に違反《いはん》した親《おや》の子《こ》。つまり三番目《さんばんめ》の子供《こども》ってこと」

「ぼくは――」

ルークには打《う》ち明《あ》ける勇気《ゆうき》がなかった。けれど、この日《ひ》、ルークはすでにたくさんのタブーをおかしていた。外《そと》に出《で》て、庭《にわ》に立《た》って、見知《みし》らぬ人《ひと》と話《はなし》までしている。だったら、あとひとつくらいタブーをおかしたところで、どうってことないのではないか？

「言《い》っても大丈夫《だいじょうぶ》よ。『ぼくは三番目《さんばんめ》の子供《こども》だ』。これのどこがいけないっていうの？」

でも、ルークは少女《しょうじょ》に答《こた》えずにすんだ。少女《しょうじょ》が突然《とつぜん》、立《た》ちあがり、叫《さけ》んだからだ。

「ああ、しまった！　アラーム！」

少女《しょうじょ》は廊下《ろうか》を走《はし》って角《かど》を曲《ま》がった。ルークはそのあとを追《お》いかけた。それから、少女《しょうじょ》はクローゼットのドアを勢《いきお》いよく開《あ》けると、パネルに並《なら》んでいる色《いろ》のついた光《ひかり》のボタンを押《お》した。

「ちぇっ！　遅《おそ》かったか」

今度《こんど》は電話《でんわ》に向《む》かって走《はし》っていく少女《しょうじょ》を、ルークは息《いき》を切《き》らせながら追《お》いかけた。少女《しょうじょ》は電《でん》話《わ》のダイヤルをまわした。ルークはびっくりしながらそれを見《み》ていた。ルークは一度《いちど》も電話《でんわ》をかけたことがなかった。政府《せいふ》が電話《でんわ》を聞《き》いていて、その声《こえ》の持《も》ち主《ぬし》を追跡《ついせき》するのだと両親《りょうしん》に教《おし》えられていたからだ。

「パパ――」

少女《しょうじょ》はしかめっつらをした。

「わかってる、わかってるって。警備会社《けいびがいしゃ》に電話《でんわ》をして、誤作動《ごさどう》だって言《い》ってくれる？」

間《ま》があった。

「シャドウ・チルドレンをかくまった罰《ばつ》は五百万《ごひゃくまん》ドルの罰金《ばっきん》か、処刑《しょけい》かのどちらかで、判事《はんじ》の気分次第《きぶんしだい》だってこと忘《わす》れてないわよね？」

少女《しょうじょ》は相手《あいて》の長《なが》い話《はなし》を聞《き》いている間《あいだ》、ルークに向《む》かってあきれたように目《め》をぐるりとまわした。

「ほら、知《し》ってるでしょ。こういうことは得《え》てして起《お》きるものなのよ」

また間《ま》があった。

「はいはい。大好《だいす》きよ。ありがとう、パパ」

少女《しょうじょ》は電話《でんわ》を切《き》った。すぐに家《いえ》に戻《もど》るべきだろうか、とルークは思《おも》った。人口警察《じんこうけいさつ》がやってくる前《まえ》に。

「つかまっちゃうよ。電話《でんわ》から追跡《ついせき》されて――」

ルークがそう言《い》うと、少女《しょうじょ》は声《こえ》をあげて笑《わら》った。

「口先《くちさき》だけよ。政府《せいふ》はそんなに有能《ゆうのう》ではないわ」

ルークは裏口《うらぐち》のほうへ少《すこ》しずつあとずさりした。すぐにでも逃《に》げられるようにと。

「だけど、アラームは本物《ほんもの》なんでしょ？　それに警備員《けいびいん》も」

「そうよ。どの家《いえ》も同《おな》じでしょ？」

少女《しょうじょ》はそう言《い》うと、もう一度《いちど》ルークを見《み》た。

「まあ、そうじゃない家《いえ》もあるようだけど」

そう言《い》ってしまってから、少女《しょうじょ》はしまったというように顔《かお》をしかめた。ルークはばかにされたことには触《ふ》れないことにした。

「警備員《けいびいん》はきみがここにいることを知《し》らないの？」

「もちろん、知《し》らないわ。警備員《けいびいん》が来《き》たら、隠《かく》れなくちゃならない。だけど、うちのアラームは、わたしが勝手《かって》に外《そと》に出《で》ないために設置《せっち》してあるんだと思《おも》う。だから、警備員《けいびいん》じゃなくて、まずパパに連絡《れんらく》がいくようになっているはず。アラームの解除方法《かいじょほうほう》くらい知《し》ってるんだけど、そのことは家族《かぞく》も知《し》らないの。でもね」

少女《しょうじょ》はいたずらっぽい笑顔《えがお》を見《み》せた。

「ときどき、わざとアラームを鳴《な》らすのよ。遊《あそ》び半分《はんぶん》で」

「遊《あそ》び半分《はんぶん》だって？」

ルークは自分《じぶん》と同《おな》じ三番目《さんばんめ》の子供《こども》とだったら理解《りかい》しあえるのではないかと思《おも》っていた。自分《じぶん》と似《に》たり寄《よ》ったりだろうと。だけど、明《あき》らかにこの少女《しょうじょ》は違《ちが》う。

「警備員《けいびいん》に見《み》つかるのが怖《こわ》くないの？」

「それほどは」

そう言《い》って、少女《しょうじょ》は肩《かた》をすくめた。

「それに、ほら、いたずらしていたおかげで、今日《きょう》みたいなときに役《やく》に立《た》ったじゃない。パパは聞《き》きもしなかったわ。どうしてセキュリティ・システムを止《と》める必要《ひつよう》があったのかって。パパはまたわたしがわざとアラームを鳴《な》らしたんだと思《おも》いこんでいる」

皮肉《ひにく》なことに、少女《しょうじょ》の言《い》っていることは理《り》にかなっていた。けれど、すべてを理解《りかい》しようとすると頭《あたま》が痛《いた》くなった。ルークは裏口《うらぐち》を見《み》た。もし、無事《ぶじ》に家《いえ》に帰《かえ》ることができたら、二度《にど》と退屈《たいくつ》だなんて文句《もんく》は言《い》わないだろう。ルークは屋根裏部屋《やねうらべや》で読《よ》んだ、『不思議《ふしぎ》の国《くに》のアリス』のアリスのように途方《とほう》に暮《く》れていた。あるいは、自然科学《しぜんかがく》の本《ほん》にあったように、つかまえて食《た》べる前《まえ》に獲物《えもの》を魅了《みりょう》するヘビの餌食《えじき》になったような気分《きぶん》だった。少女《しょうじょ》に害《がい》はなさそうだが、ルークがうろたえたり、うっとりしたりしているうちに、人口警察《じんこうけいさつ》だか警備員《けいびいん》だかに見《み》つかってしまうのかもしれない。

少女《しょうじょ》はルークの視線《しせん》の先《さき》を見《み》た。

「わたし、あなたを怖《こわ》がらせちゃったかしら？　シャドウ・チルドレンはいつもビクビクしているから。だけど、ここは安全《あんぜん》よ。最初《さいしょ》から順《じゅん》を追《お》って話《はな》しましょうか。座《すわ》って話《はな》さない？　えーと、まず名前《なまえ》は？」

ルークは名前《なまえ》を教《おし》えた。

「はじめまして」

少女《しょうじょ》はそう言《い》ってルークの手《て》をとって握手《あくしゅ》したが、その仕草《しぐさ》はルークをからかっているようだった。それから少女《しょうじょ》はルークが最初《さいしょ》に入《はい》った部屋《へや》まで行《い》くとソファをすすめた。少女《しょうじょ》はルークの隣《となり》に腰《こし》をかけた。

「わたしはジェン。本名《ほんみょう》はジェニファー・ローズ・タルボット。だけど、ジェニファーって感《かん》じじゃないでしょ？」

ジェンは首《くび》を左右《さゆう》に振《ふ》って両腕《りょううで》を広《ひろ》げた。あたかもそのしわくちゃのトレーナーにボサボサの髪《かみ》の毛《け》から何《なに》かを理解《りかい》してほしいというように。

ルークは眉《まゆ》をひそめた。

「ぼくにはわからないよ。ジェニファーなんて名前《なまえ》の人《ひと》、他《ほか》に知《し》らないから。ぼくが知《し》っているのは、マシューとマーク、母《かあ》さんと父《とう》さんだけなんだ」

両親《りょうしん》の名前《なまえ》はエドナにハーランだが、それは秘密《ひみつ》にしておくべきだろうか。万《まん》が一《いち》ということもある。マシューやマークの名前《なまえ》も言《い》わないほうがよかったのかもしれない。が、ルークはあっけにとられていてつい口《くち》をすべらせてしまった。家《いえ》から一歩外《いっぽそと》に出《で》れば人《ひと》があふれかえっていて、聞《き》いたこともない名前《なまえ》がたくさんある世界《せかい》というのはどんな感《かん》じなのだろう？

「えーと」

ジェンは言《い》った。

「じゃあ、説明《せつめい》するわね。ジェニファーっていうのは、そうね、乙女《おとめ》チックで潔癖症《けっぺきしょう》の女《おんな》の子《こ》って感《かん》じかしら。それで、これは笑《わら》い話《ばなし》なんだけど、うちのママはね、フリルのついたレースのドレスを着《き》て、片隅《かたすみ》にちょこんと座《すわ》っているようなかわいらしい女《おんな》の子《こ》がほしかったの。お人形《にんぎょう》のような女《おんな》の子《こ》がね。それでこんなわたしにジェニファーってつけたわけ」

ジェンはそこで間《ま》をおいた。

「マシューとマークっていうのはお兄《にい》さんなの？」

ルークはうなずいた。

「それで、家族以外《かぞくいがい》の人《ひと》に会《あ》ったことは？」

ルークは首《くび》を横《よこ》に振《ふ》った。ジェンがひどく驚《おどろ》いたような顔《かお》をしたので、ルークは言《い》い返《かえ》した。

「きみこそ会《あ》ったことあるの？」

ルークはそうたずねた。その声《こえ》にはマークをときどき挑発《ちょうはつ》するときのような響《ひび》きがあった。

「そうね、あるわ」

「だけど、きみだって三番目《さんばんめ》の子供《こども》、シャドウ・チルドレンなんだろ？」

ルークは急《きゅう》に泣《な》きだしたくなった。これまでずっと、三番目《さんばんめ》の子供《こども》である自分《じぶん》には、マシューやマークと同《おな》じことは何《なに》ひとつできないのだと言《い》われ続《つづ》けてきた。もし、ジェンが自由《じゆう》に行動《こうどう》できるのなら、今《いま》までのルークの人生《じんせい》はなんだったのだろう。両親《りょうしん》はうそをついていたのだろうか？

「きみは隠《かく》れなくていいの？」

「もちろん隠《かく》れなくちゃいけないわ。ほとんどの時間《じかん》はね。でも、うちの親《おや》は取《と》り引《ひ》きするのが上手《じょうず》なの。それにわたしも取《と》り引《ひ》きは得意《とくい》だから」

ジェンはいたずらっぽく笑《わら》った。それから目《め》を細《ほそ》くしてルークを見《み》た。

「どうしてわたしがシャドウ・チルドレンだってわかったの？　それにここにいることがどうして？」

ルークは最初《さいしょ》から話《はな》し始《はじ》めた。森《もり》が奪《うば》われた話《はなし》から始《はじ》めたので、長《なが》い話《はなし》になった。ジェンは話《はなし》を聞《き》きながらたびたび質問《しつもん》や感想《かんそう》をはさんだ。

「つまり、裏庭《うらにわ》と納屋《なや》以外《いがい》の場所《ばしょ》には行《い》ったことがないってこと？」「六《ろっ》か月《げつ》も家《いえ》にこもっていたの？」「さぞ新《あたら》しくできた家《いえ》が憎《にく》いでしょうね」

そして、スポーツ家《け》の窓《まど》から子供《こども》の顔《かお》がちらりと見《み》えたところまで話《はなし》が進《すす》むと、ジェンは唇《くちびる》をかんだ。

「パパに知《し》られたら殺《ころ》されちゃうわ。だけど鏡《かがみ》じゃうまくいかないし、カルロスは、わたしが外《そと》の天気《てんき》を知《し》らないほうに賭《か》けるって言《い》うし、それに――」

「どういうこと？　鏡《かがみ》？　カルロス？」

ジェンはルークの質問《しつもん》に答《こた》えなかった。

「ルーク・ガーナー」

ジェンは真剣《しんけん》な表情《ひょうじょう》で言《い》った。

「あなたがここに来《き》たのは正解《せいかい》よ。今《いま》までのモグラのような生活《せいかつ》は忘《わす》れることね。わたしがあなたを外《そと》に出《だ》してあげる」

16 仲《なか》間《ま》の存《そん》在《ざい》

「ルーク、マッシュポテトのおかわりは？」

その夜《よる》の夕食《ゆうしょく》のとき、母《かあ》さんがルークに聞《き》いた。

「ルーク？」

返事《へんじ》をしないルークに母《かあ》さんはもう一度《いちど》、聞《き》いた。

「ルーク、聞《き》いてるの？」

ルークははっとした。母《かあ》さんがマッシュポテトの入《はい》ったボウルをルークに差《さ》しだしている。

「えーと、もういらないよ。おなかがいっぱいなんだ。まだ食《た》べかけだし」

「ぼくにもっとちょうだい！」

マークが催促《さいそく》した。

ルークにはまた家族《かぞく》の声《こえ》が聞《き》こえなくなった。最初《さいしょ》に出《だ》されたマッシュポテトにもほとんど手《て》をつけていなかった。スポーツ家《け》にこっそり忍《しの》びこんだときのことで頭《あたま》がいっぱいだった。自分《じぶん》がそんなことをしたなんて信《しん》じられなかった。裏庭《うらにわ》を突《つ》っ切《き》ったことを考《かんが》えただけで、そのときの恐怖《きょうふ》と高揚感《こうようかん》とがよみがえって胸《むね》がどきどきした。本当《ほんとう》にやってのけたのだ。

ジェンに会《あ》ったことは——ただただ驚《おどろ》くばかりだ。そうとしか言《い》いようがない。ルークはジェンの家《いえ》で目《め》にしたものすべてに、ジェンの話《はな》してくれたことすべてに圧倒《あっとう》されて、思《おも》わず

「ねえ、知《し》ってる？　ジェンが——」と言《い》いかけた。

なんとか口《くち》を閉《と》ざして言葉《ことば》を飲《の》みこんだものの、すべてをしゃべってしまいそうだった。言《こと》葉《ば》を押《お》しとどめようとすると顔《かお》が赤《あか》くなるのを感《かん》じた。ルークは下《した》を向《む》いて、顔《かお》を見《み》られないようにした。ジェンのことを秘密《ひみつ》になどできない。でも、だれにも言《い》えない。もし言《い》ってしまったら、もうジェンのところへは行《い》けなくなってしまう。

もう一度《いちど》、ジェンに会《あ》いにいかなければ。

「合図《あいず》を決《き》めなくちゃね」

ジェンが言《い》った。

「何《なに》か目《め》に見《み》えるものがいいわ」

「でも、ここにはぼくの部屋《へや》みたいに通気口《つうきこう》はないし、窓《まど》の外《そと》は見《み》ちゃいけないんだよね」

「あら、鏡《かがみ》をうまく使《つか》えば、問題《もんだい》ないわ。ほら」

ジェンはルークをスライド式《しき》のガラスドアの脇《わき》にある窓《まど》まで連《つ》れていき、鏡《かがみ》を見《み》せた。鏡《かがみ》にはジェンの家《いえ》であるタルボット家《け》の裏庭《うらにわ》とその向《む》こうの景色《けしき》が映《うつ》っていた。片隅《かたすみ》にルークの家《いえ》であるガーナー家《け》の納屋《なや》が見《み》えたが、ジェンが少《すこ》しだけ鏡《かがみ》を動《うご》かすと、ガーナー家《け》全体《ぜんたい》が映《うつ》りこんだ。ルークは両親《りょうしん》に同《おな》じものが用意《ようい》できるだろうか、と思《おも》った。それで、もう一度《いちど》鏡《かがみ》を見《み》てみたが、それは高価《こうか》なもののようだった。それに、どのみち、そんなことをどこで思《おも》いついたのか説明《せつめい》できない。

「そうねえ、じゃあ、こうするのはどう？　わたしは毎朝《まいあさ》九時《くじ》に窓《まど》の外《そと》を見《み》る。もしこっちに来《こ》られそうだったら、あなたは懐中電灯《かいちゅうでんとう》の光《ひかり》を照《て》らす。で、わたしのほうもオーケーだったら同《おな》じように懐中電灯《かいちゅうでんとう》を照《て》らし返《かえ》す」

「うちに懐中電灯《かいちゅうでんとう》はないんだ」

ルークは言《い》った。

「というか、使《つか》えないんだ」

ジェンは眉《まゆ》をひそめた。

「どうして？」

「電池《でんち》がなくなって、四《し》、五年《ごねん》になるかな」

ルークは説明《せつめい》した。懐中電灯《かいちゅうでんとう》を使《つか》っていたときのことを思《おも》い出《だ》しただけで誇《ほこ》らしかった。

「わかった、わかった。懐中電灯《かいちゅうでんとう》はないし、パソコンもないとすれば――」

「ううん、パソコンはあるんだ。両親《りょうしん》ので、まだ使《つか》えると思《おも》う。だけど、父《とう》さんの仕事場《しごとば》にあって、ぼくがそこに入《はい》るのは禁《きん》じられている。それに、どのみちパソコンには触《さわ》らせてもらえないし」

ルークがまだ三《みっ》つか四《よっ》つくらいのときだった。掃除《そうじ》をしていた母《かあ》さんの後《うし》ろにくっついて、父《とう》さんの仕事場《しごとば》に入《はい》ったことがある。キーボードの上《うえ》に並《なら》んだ文字《もじ》がおもちゃのように思《おも》えて、指《ゆび》を一本上《いっぽんうえ》に伸《の》ばしてスペースキーを何度《なんど》も何度《なんど》も押《お》してみた。振《ふ》り返《かえ》った母《かあ》さんはとたんに凍《こお》りついた。

「見《み》つかっちゃうわ！」

母《かあ》さんは叫《さけ》んだ。

「もし見《み》られていたら――」

その後《ご》、数週間《すうしゅうかん》、母《かあ》さんはそれまで以上《いじょう》に人目《ひとめ》を気《き》にしてルークを隠《かく》した。外出《がいしゅつ》するときには、ルークのいる部屋《へや》に鍵《かぎ》をかけた。

ジェンはあきれたようにぐるりと目《め》をまわした。

「まさかあなたの家族《かぞく》って政府《せいふ》が言《い》っていることを信《しん》じてるんじゃないでしょうね。テレビやコンピュータから監視《かんし》できるんだって信《しん》じこませるために政府《せいふ》は大金《たいきん》を費《つい》やして宣伝《せんでん》したけど、実際《じっさい》にはそんなことする余裕《よゆう》はないのよ。わたしは三歳《さんさい》からコンピュータを使《つか》っているし、テレビも見《み》ているけど、つかまったことなんかないわ。じゃあ、ロウソクは？」

「なんだって？」

ジェンが合図《あいず》のことに話《はなし》を戻《もど》したのだと、ルークはすぐに気《き》づかなかった。

「ロウソクか。キッチンにあるけど、ぼくがそこに入《はい》るのは――」

そこでジェンはルークの口調《くちょう》を真似《まね》た。

「禁《きん》じられている、でしょ？　あなたの両親《りょうしん》ってずいぶん短《みじか》いひもであなたをつないでるみたいね」

「違《ちが》うよ、いや、そうなんだけど、ぼくを守《まも》ろうとして――」

ジェンは首《くび》を振《ふ》った。

「ええ、それは聞《き》いたわ。だれかに『背《そむ》く』って言葉《ことば》、知《し》らないの？」

「ぼくは――」

ルークは弁解《べんかい》がましく言《い》った。

「ぼくは家族《かぞく》に背《そむ》いてここに来《き》た、そうでしょ？」

ジェンは笑《わら》い声《ごえ》をあげた。

「確《たし》かにそうね。じゃあ、そうね、ロウソクも懐中電灯《かいちゅうでんとう》もだめなら、わたしに見《み》えるように明《あ》かりをつけてくれない？」

ジェンが合図《あいず》のことを話《はな》しているのだと、今度《こんど》はすぐにわかった。

「裏口《うらぐち》の明《あ》かりをつけるよ。それなら絶対《ぜったい》にわかるから」

ルークはその明《あ》かりをつけることも禁《きん》じられていたが、それ以上《いじょう》、『禁《きん》じられている』とは言《い》えなかった。

ルークは今《いま》、マッシュポテトをフォークでつつきながら考《かんが》えていた。ジェンがふざけてルークをからかい、ルークがそれに反論《はんろん》する。ジェンとの会話《かいわ》は始終《しじゅう》そんな感《かん》じだった。だけど、結局《けっきょく》はずっとジェンのペースにのせられっぱなしだった。もちろん、ジェンにしてみれば、ルークよりも多《おお》くのことを知《し》っているし、これまでにたくさんのことを見聞《みき》きしてきたのだから当然《とうぜん》なのだろう。ルークがソファで話《はな》しを終《お》えると、今度《こんど》はジェンが話《はな》し始《はじ》めた。

「まず言《い》っておくのは」

ジェンは挑戦的《ちょうせんてき》な言《い》い方《かた》をした。

「うちの親《おや》は、はじめから計画《けいかく》してわたしを妊娠《にんしん》したの。十三年前《じゅうさんねんまえ》にね。ママは最初《さいしょ》の結婚《けっこん》でブルとブラウンをもうけていて――」

「きみのお兄《にい》さんたちのこと？」

「そう。ブエルトンとブラウンリーっていうの。だけど、あんな脳《のう》みその足《た》りない兄弟《きょうだい》にどうしてそんな名前《なまえ》をつけたのかしらね。ママは最初《さいしょ》の結婚相手《けっこんあいて》と鼻持《はなも》ちならない上流階級《じょうりゅうかいきゅう》の暮《く》らしをしていたの」

「結婚相手《けっこんあいて》が何人《なんにん》もいるの？」

何度《なんど》も結婚《けっこん》できることをルークは知《し》らなかった。

「そうよ。パパは、本当《ほんとう》は義理《ぎり》の父親《ちちおや》。ママの三人目《さんにんめ》の結婚相手《けっこんあいて》なの」

ルークにはわけがわからなかったが、何《なに》も言《い》わないことにした。

「とにかく、ママはどうしてもかわいらしい女《おんな》の子《こ》がほしかったの。だからふたり目《め》の相手《あいて》と一緒《いっしょ》になったとき、医者《いしゃ》にたくさんお金《かね》を払《はら》って妊娠《にんしん》したのよ」

「男《おとこ》の子《こ》だったらどうするつもりだったの？」

「ちょうど産《う》み分《わ》けの実験《じっけん》が始《はじ》まっていたところだったの」

きっとルークはぽかんとしていたのだろう。ジェンが説明《せつめい》を始《はじ》めた。

「つまり必《かなら》ず女《おんな》の子《こ》が生《う》まれるようにしたの。医者《いしゃ》にはそれができるんだけど、政府《せいふ》が法律《ほうりつ》で禁《きん》じたのよ。人口《じんこう》がこれ以上《いじょう》、無茶苦茶《むちゃくちゃ》になってしまわないようにね。うちの親《おや》は大金《たいきん》を払《はら》ったはず。あなたのところは女《おんな》の子《こ》をほしがってはいなかったの？」

ルークはそのことを考《かんが》えてみた。母《かあ》さんはいつも男《おとこ》の子《こ》が四人《よにん》ほしいと言《い》っていたけど、それ以上《いじょう》に女《おんな》の子《こ》はほしくなかったのだろうか？　母《かあ》さんに似《に》た女《おんな》の子《こ》？　ルークには自分《じぶん》の家《いえ》に女《おんな》の子《こ》がいるところなど想像《そうぞう》できなかった。

「何《なに》も考《かんが》えていなかったと思《おも》うよ。ぼくは予定外《よていがい》だったんだ。たまたまだよ」

ジェンはうなずいた。

「医者《いしゃ》にお金《かね》を払《はら》えないでしょうね」

そう言《い》ってしまってから、ジェンはあわてて手《て》で口《くち》を押《お》さえた。

「ひどいこと言《い》っちゃった。悪気《わるぎ》はないの。ただ――あなたがはじめてなのよ。バロンではない人《ひと》に出会《であ》ったのは」

「ぼくがバロンじゃないってどうしてわかるのさ？」

ルークがむっとして言《い》った。

「それは――」

ジェンは片手《かたて》を振《ふ》ったが、その仕草《しぐさ》にルークはいっそう自覚《じかく》させられた。自分《じぶん》のみすぼらしいネルシャツにつぎはぎだらけのジーンズ。ジェンの非《ひ》の打《う》ちどころのない家《いえ》。そのふたつの間《あいだ》の格差《かくさ》を。

「ねえ、怒《おこ》らないで。それはどうでもいいことなのよ。どうでもよくないって言《い》うかもしれないけど、あなたがバロンじゃないからこそ、かっこいいなって思《おも》ってるのよ。あなたならわたしの力《ちから》になってくれるはず」

「力《ちから》になるって？」

「デモよ」

ジェンはそう言《い》い、唇《くちびる》をかんだ。

「あなたはスパイなんかじゃない。そうでしょ？　信用《しんよう》してもいい？」

「もちろんだよ」

ルークはそう言《い》ったが、また侮辱《ぶじょく》されたように感《かん》じていた。

ジェンは顔《かお》をあげて天井《てんじょう》をじっと見《み》つめた。まるで、そこに答《こた》えが書《か》かれているとでもいうように。それからまたルークを見《み》た。

「ごめん。うまく言《い》えなくて。面《めん》と向《む》かって話《はな》すのに慣《な》れてないのよ。いつもネットだけだから。あのね、わたしはあなたのこと信用《しんよう》している。だけど他《ほか》にも関《かか》わっている人《ひと》たちがいるの。だからちょっと待《ま》ってほしい。オーケー？」

「わかったよ」

ルークはそう言《い》ったものの、傷《きず》ついた気持《きも》ちを隠《かく》しきれなかった。

ジェンは身《み》を乗《の》りだして、ルークの肩《かた》を軽《かる》く揺《ゆ》さぶった。

「ねえ、そんな言《い》い方《かた》しないで。『わかったよ、きみの決断《けつだん》を尊重《そんちょう》するよ』とか『きみの考《かん》えていることが最善《さいぜん》だよ』とか言《い》ってよ」

ジェンはくすくす笑《わら》った。

「パパはね、わたしが反抗《はんこう》するとそう言《い》えって言《い》うのよ。信《しん》じられる？　これだから弁護士《べんごし》ってやつは！」

ルークは話題《わだい》が変《か》わったことにほっとした。

「きみのお父《とう》さんって弁護士《べんごし》なの？」

ジェンはぐるりと目《め》をまわした。

「そうよ。ママの結婚相手《けっこんあいて》は全員弁護士《ぜんいんべんごし》なの。変《か》わった趣味《しゅみ》よね。ひとり目《め》は環境弁護士《かんきょうべんごし》ってやつで、ふたり目《め》は企業内弁護士《きぎょうないべんごし》――だからわたしにかけるお金《かね》があったのね。で、三人目《さんにんめ》のパパは政府《せいふ》の弁護士《べんごし》で、しかも高《たか》い地位《ちい》にあるの」

「だけど、きみの存在《そんざい》が法律《ほうりつ》に違反《いはん》しているなら――」

ルークはこれ以上《いじょう》ないくらい頭《あたま》がこんがらがっていた。

ジェンは笑《わら》い声《ごえ》をあげた。

「聞《き》いたことない？　政府《せいふ》のトップっていちばん法律《ほうりつ》を守《まも》らない人《ひと》たちの集《あつ》まりなのよ。うちの家族《かぞく》がどうやってこの家《いえ》を手《て》に入《い》れたと思《おも》う？　どうしてわたしがインターネットにアクセスできると思《おも》う？　どうやってこんな生活《せいかつ》ができるんだと思《おも》う？」

「わからないよ」

ルークは正直《しょうじき》に答《こた》えた。

「ぼくは何《なに》も知《し》らないんだ」

ジェンはルークの頭《あたま》を軽《かる》くたたいた。まるで小《ちい》さな子供《こども》や犬《いぬ》にそうするように。

「いいのよ。これから知《し》るようになるから」

そのあと、少《すこ》しして、ルークは家《いえ》に戻《もど》ることにした。父《とう》さんやマシューやマークが昼食《ちゅうしょく》を食《た》べに早《はや》めに帰《かえ》ってくるかもしれない。ルークは家《いえ》に戻《もど》る道《みち》のりにビクビクしていた。ジェンはおしゃべりを続《つづ》けながら裏口《うらぐち》まで一緒《いっしょ》に来《き》た。

「網戸《あみど》は直《なお》しておくし、セキュリティ・システムもなんとかしておくわ。だからあなたがここに来《き》たことはだれにもばれない。それに——あら、いけない！」

ルークはジェンの視線《しせん》の先《さき》を見《み》た。絨毯《じゅうたん》の上《うえ》に三《さん》か所《しょ》ほど小《ちい》さな血《ち》の跡《あと》がついていた。

「ごめん。きっと手《て》を網戸《あみど》にこすったときについたんだ。拭《ふ》いてから帰《かえ》るよ。まだ時間《じかん》があるし――」

本当《ほんとう》のところ、ルークは時間《じかん》を引《ひ》きのばしたかった。

「いいのよ、いいの」

ジェンはじれったそうに言《い》った。

「絨毯《じゅうたん》のことはいいの。ただママやパパが血《ち》の跡《あと》を見《み》て、わたしがどこも怪我《けが》していないって知《し》ったら――」

ルークにはジェンのやっていることがすぐには理解《りかい》できなかった。ジェンは片手《かたて》を破《やぶ》れた網《あみ》戸《ど》に押《お》しつけたが、ギザギザの縁《ふち》ではうまくいかなかったようだ。そこで今度《こんど》は網戸《あみど》を右手《みぎて》でもち、それで左手《ひだりて》を思《おも》いっきり引《ひ》っかいた。網戸《あみど》から離《はな》したジェンの左手《ひだりて》にはルークのよりも深《ふか》い傷《きず》ができていた。ジェンは血《ち》を数滴《すうてき》しぼりだすとそれを絨毯《じゅうたん》に落《お》とした。

「これでよしっと」

ルークはぼうぜんとして、あとずさりしながら裏口《うらぐち》を出《で》た。

「またおいでね、ファーマー・ボーイ（農家《のうか》の息子《むすこ》さん）」

ジェンは言《い》った。

ルークは前《まえ》を向《む》いてやみくもに走《はし》りだした。納屋《なや》まで来《き》ても、スピードを落《お》として身《み》をかがめることさえしなかった。まっすぐに家《いえ》の裏口《うらぐち》に向《む》かい、ドアを勢《いきお》いよく開《あ》け中《なか》に入《はい》った。後《うし》ろからドアの閉《し》まる音《おと》が聞《き》こえた。


夕食《ゆうしょく》の皿《さら》を前《まえ》に座《すわ》ったまま、ルークはそのときのことを思《おも》い出《だ》した。どれほど危険《きけん》だったかを考《かんが》えると心臓《しんぞう》の鼓動《こどう》が激《はげ》しくなった。どうしてまずちゃんと確《たし》かめなかったのだろう？　なぜ這《は》って戻《もど》らなかったのだろう？　ルークは冷《さ》めて固《かた》くなったマッシュポテトにフォークを刺《さ》した。母《かあ》さんが食《た》べ終《お》わった皿《さら》を集《あつ》めているそばで、父《とう》さんとマシューとマークが椅子《いす》にもたれて穀物《こくもつ》の収穫量《しゅうかくりょう》について話《はな》していた。ルークはジェンが怖《こわ》かった。だから逃《に》げるようにして帰《かえ》ったのだ。ジェンが自分《じぶん》の手《て》をわざと傷《きず》つけたことがルークには恐《おそ》ろしかった。どうしてそんなことができるのだろう？　出会《であ》ったばかりのルークのために。

17 二度目《にどめ》の訪問《ほうもん》

それから三日間《みっかかん》、ルークはジェンの家《いえ》に忍《しの》びこんだことを思《おも》い出《だ》したり、次《つぎ》にまたジェンに会《あ》う計画《けいかく》を立《た》てたりしながら時間《じかん》を過《す》ごした。

一日目《いちにちめ》は、政府《せいふ》の検査官《けんさかん》がガーナー家《け》の穀物《こくもつ》を調《しら》べるために家《いえ》にやってきたので、ルークは一日中《いちにちじゅう》、屋根裏部屋《やねうらべや》に隠《かく》れていなければならなかった。

二日目《ふつかめ》は、雨《あめ》が降《ふ》ったので、午前中《ごぜんちゅう》ずっと父《とう》さんが家《いえ》で調《しら》べ物《もの》をしていた。

三日目《みっかめ》になると、父《とう》さんが畑《はたけ》に戻《もど》ったので、九時《くじ》ちょうどにこっそり裏口《うらぐち》まで行《い》き、思《おも》いきって明《あ》かりのスイッチを入《い》れてみた。でも、ジェンの家《いえ》からは合図《あいず》が返《かえ》ってこない。もしかしたらジェンの家《いえ》の時計《とけい》が遅《おく》れているのかもしれない。ルークはそう思《おも》って十五分間《じゅうごふんかん》、明《あ》かりをつけっぱなしにした。ジェン以外《いがい》のだれかに見《み》られるかもしれないと始終《しじゅう》ビクビクしながら待《ま》った。けれども、結局《けっきょく》ジェンからの合図《あいず》はなく、ルークはがっかりして明《あ》かりを消《け》すとふらふらと部屋《へや》に戻《もど》った。

ジェンの身《み》に何《なに》かあったらどうしよう？　ひとりっきりの家《いえ》の中《なか》で、病気《びょうき》になったり、死《し》にかけていたりしたら？　ジェンとはほんの一時《いっとき》を一緒《いっしょ》に過《す》ごしただけだったが、ルークにはわかっていた。ジェンがたくさんの危険《きけん》をおかしていることを。

だれかと知《し》り合《あ》うということは、心配《しんぱい》する相手《あいて》ができることでもある。それはルークにとってはじめての経験《けいけん》だった。

ルークは階段《かいだん》のいちばん上《うえ》で壁《かべ》にもたれたまま、もっとましな可能性《かのうせい》を考《かんが》えようとした。もしかしたらジェンの親《おや》が仕事《しごと》ではなくおつかいか何《なに》かに出《で》かけていて、すぐに家《いえ》に戻《もど》ってくるのかもしれない。もしかしたら……。ルークはジェンが合図《あいず》を寄《よ》こさなかったもっともらしい理由《りゆう》を考《かんが》えようとした。だけど、ジェンがどんな毎日《まいにち》を送《おく》っているかなんて想像《そうぞう》もできない。

理由《りゆう》がわかったのはその翌日《よくじつ》だった。ジェンが合図《あいず》を寄《よ》こすや、ルークはまた危険《きけん》をおかしてジェンの家《いえ》に駆《か》けこんだ。

「どこにいたの？」

ルークは真《ま》っ先《さき》にそうたずねた。

「いつ？　昨日《きのう》のこと？」

ジェンはドアを閉《し》めながらあくびをした。

「ここに来《く》るつもりだったの？　ごめん。ママが一日《いちにち》お休《やす》みで、買《か》い物《もの》につきあわされたのよ」

ルークはあっけにとられた。

「買《か》い物《もの》だって？　外出《がいしゅつ》したの？」

ジェンはけろりとしてうなずいた。

「だけど、きみの姿《すがた》は見《み》なかったけど――」

ジェンはルークに、頭《あたま》の具合《ぐあい》は大丈夫《だいじょうぶ》かしら、と本気《ほんき》で心配《しんぱい》しているような目《め》を向《む》けた。

「あたりまえじゃない。隠《かく》れていたんだから。うちの車《くるま》のバックシートの下《した》は空洞《くうどう》になってるの。パパが特注《とくちゅう》で作《つく》らせたのよ」

「外出《がいしゅつ》してたんだ――」

ルークは驚《おどろ》いて繰《く》り返《かえ》した。

「でもね、ショッピングセンターに着《つ》くまでは何《なに》も見《み》られないのよ。二時間《にじかん》も暗闇《くらやみ》の中《なか》でドライブするなんてちっとも楽《たの》しくない。ほんとに最悪《さいあく》よ」

「だけど、ショッピングセンターでは、外《そと》に出《で》られるの？　隠《かく》れなくていいの？」

ジェンは驚《おどろ》いているルークに声《こえ》をたてて笑《わら》った。

「ママがずっと前《まえ》に、偽物《にせもの》のショッピング許可証《きょかしょう》を手《て》に入《い》れたの。許可証《きょかしょう》では一応《いちおう》、わたしはママの姪《めい》ってことになっている。それで店員《てんいん》はごまかせるけど、行《い》く途中《とちゅう》に人口警察《じんこうけいさつ》に見《み》つかったらわたしは死《し》ぬことになるわね。わかったでしょ、ママの優先順位《ゆうせんじゅんい》が。買《か》い物《もの》のほうがわたしの命《いのち》より大事《だいじ》なのよ」

ルークは頭《あたま》を振《ふ》ってソファに座《すわ》った。膝《ひざ》が少《すこ》し震《ふる》えているようだった。

「知《し》らなかったよ。三番目《さんばんめ》の子供《こども》にそんなことできるなんて」

母《かあ》さんや父《とう》さんが偽物《にせもの》のショッピング許可証《きょかしょう》を手《て》に入《い》れたらどうするだろうか？　一瞬《いっしゅん》、想像《そう》できそうな気《き》がした。トラックの荷台《にだい》にのせた麻袋《あさぶくろ》の下《した》に隠《かく》れて、町《まち》に出《で》かけるところを。

でも、町中《まちじゅう》の人《ひと》が母《かあ》さんと父《とう》さんを知《し》っている。ふたりの間《あいだ》には息子《むすこ》がふたりしかいないこと、マシューとマークだけしかいないことも。

「大《おお》きい町《まち》に行《い》ったんだよね」

「うん、まあね。このあたりにショッピングセンターはないでしょ?」

「どんなところなの?」

ルークはささやくようにそう聞《き》いた。

「つまんないところよ。ほんとにほんとに退屈《たいくつ》なところ。ママはわたしにドレスを買《か》いたがっていたの。まったくどういうつもりなんだか。店《みせ》から店《みせ》へと連《つ》れまわされて、ちくちくしてむずがゆくなるドレスを試着《しちゃく》させられて。それからブラジャーもたくさん——あら、ごめんなさい」

ルークが頬《ほお》を赤《あか》らめるのを見《み》てジェンが言《い》った。

「あなたの家《いえ》ではブラジャーのことなんて話《はな》さないわよね」

「マシューやマークがときどき話《はな》してることがあるよ。いやらしい話《はなし》を」

「あのね、ブラジャー自体《じたい》はいやらしくなんかないのよ。あんなの男《おとこ》の人《ひと》だか母親《ははおや》だかが考《かんが》えだした拷問道具《ごうもんどうぐ》みたいなものよ」

「そうなんだ」

ルークは下《した》を向《む》いた。

「まあ、ともかく」

ジェンはそう言《い》うとソファから跳《は》ねるようにして立《た》ちあがった。

「パソコンであなたのこと調《しら》べたけど、大丈夫《だいじょうぶ》だったわ。あなたは存在《そんざい》していない。表向《おもてむ》きはってことだけど。だから信用《しんよう》できる。それで――」

『あなたは存在《そんざい》していない』という皮肉《ひにく》たっぷりな言葉《ことば》に、ルークはなんだか妙《みょう》な気分《きぶん》になった。

「ぼくが存在《そんざい》していないってどうしてわかったの？」

ルークがジェンの言葉《ことば》をさえぎった。

「指紋《しもん》よ」

ルークがぽかんとしていると、ジェンが説明《せつめい》した。

「兄《あに》のブラウンが一時期《いちじき》、探偵《たんてい》になりたがっていたときがあったの。それほど頭《あたま》がキレるわけじゃないんだけどね。で、指紋採取《しもんさいしゅ》の道具《どうぐ》があったことを思《おも》い出《だ》したわけ。それを使《つか》って、テレビなんかでやっているように、あなたが触《さわ》ったものから指紋《しもん》をとったのよ。壁《かべ》からきれいにとれたわ。そのあとで、パソコンに取《と》り込《こ》んで、国《くに》の指紋《しもん》データに照合《しょうごう》してみたの。そしたら、じゃじゃーん、あなたの指紋《しもん》は存在《そんざい》していなかった。だから、あなたも存在《そんざい》していない。公《おおやけ》にはね」

ジェンは小《こ》ばかにするような顔《かお》をした。ルークは聞《き》きたかった。そんなことして人口警察《じんこうけいさつ》に見《み》つからないよね、と。でも、ルークにはジェンの説明《せつめい》したことがほとんど理解《りかい》できなかった。だから何《なに》を聞《き》いたって結局《けっきょく》わからないだろう。それにジェンはすでに次《つぎ》のことを考《かんが》えているようだった。

「いずれにしても、あなたは信用《しんよう》できそうな人《ひと》だし。だから、あなたにもデモについて教《おし》えてあげるわ。わたしたちの秘密《ひみつ》のチャットルームとかも全部《ぜんぶ》――」

ジェンはすでに部屋《へや》を出《で》ようとしていた。ルークはジェンの言葉《ことば》を最後《さいご》まで聞《き》こうと追《お》いかけた。

「何《なに》か食《た》べる？　飲《の》み物《もの》はどう？」

ジェンは広《ひろ》いキッチンの入《い》り口《ぐち》で恥《は》ずかしそうなそぶりをした。

「自分《じぶん》でもびっくり。この前《まえ》はなんの気遣《きづか》いもしないでごめんなさい。何《なに》にしましょうか？　ソーダ？　ポテトチップス？」

「だけど、それって違法《いほう》でしょ？」

屋根裏部屋《やねうらべや》の本《ほん》にジャンクフードについて書《か》かれたものがあって、母《かあ》さんにそのことを聞《き》いてみたことがあった。母《かあ》さんによると、それはかつてみんなが始終食《しじゅうた》べていたもののようだが、政府《せいふ》が工場《こうじょう》を閉鎖《へいさ》したらしい。閉鎖《へいさ》した理由《りゆう》は教《おし》えてくれなかった。けれども、母《かあ》さんは何年《なんねん》も前《まえ》にとっておいたポテトチップスをとりだして、特別《とくべつ》にルークにだけ食《た》べさせてくれたことがあった。そのときのポテトチップスは、塩《しお》はきいているものの、固《かた》くてかみきれなかった。

母《かあ》さんに喜《よろこ》んでもらいたくて、ルークはおいしそうなふりをした。

「まあそうだけど、わたしたちだって違法《いほう》な存在《そんざい》なのよ。今《いま》さら少《すこ》しくらい違法《いほう》なものを楽《たの》しんだからってばちはあたらないわ」

そう言《い》って、ジェンはポテトチップスの入《はい》ったボウルをルークに差《さ》しだした。ルークはおずおずと、一枚《いちまい》つまんで口《くち》に入《い》れた。すると、また一枚《いちまい》、また一枚《いちまい》と手《て》が止《と》まらなくなった。このポテトチップスはすごくおいしくて、ルークは一度《いちど》にたくさんつかもうとする自分《じぶん》をなんとか押《お》しとどめなければならなかった。ジェンはそんなルークをじっと見《み》つめていた。

「ちゃんと食《た》べてる？」

ジェンが低《ひく》い声《こえ》で聞《き》いた。

「もちろんだよ」

ルークは驚《おどろ》いて答《こた》えた。

「満足《まんぞく》に食《た》べられないシャドウ・チルドレンもいるわ。その子《こ》の分《ぶん》の食料配給《しょくりょうはいきゅう》カードがないのに家族《かぞく》がちゃんと分《わ》けてあげないからよ」

ジェンは冷蔵庫《れいぞうこ》を開《あ》けながらそう言《い》った。ガーナー家《け》のキッチンにある調理器具《ちょうりきぐ》を全部《ぜんぶ》合《あ》わせたものよりも大《おお》きいくらいの冷蔵庫《れいぞうこ》だった。

「もちろん、うちの家族《かぞく》はなんでも手《て》に入《はい》るけど――」

ジェンはルークを見《み》たが、それがまたルークに自《みずか》らのみすぼらしい服装《ふくそう》を意識《いしき》させた。

「あなたの家族《かぞく》はどうやって食料《しょくりょう》を確保《かくほ》しているの?」

ルークにはその質問《しつもん》の意味《いみ》がわからなかった。

「みんなと同《おな》じだと思《おも》うけど」

ルークは答《こた》えた。

「自分《じぶん》たちで作《つく》るんだよ。畑《はたけ》があるからね。前《まえ》はぼくもしょっちゅう手伝《てつだ》っていたんだ。それに豚《ぶた》も飼《か》ってる、ううん、飼《か》っていたし。ときどき、うちの豚肉《ぶたにく》とどこかの牛肉《ぎゅうにく》を交換《こうかん》していたんじゃないかな。だから牛肉《ぎゅうにく》を食《た》べることも――」

ルークにはこういった物々交換《ぶつぶつこうかん》のことはよくわからなかった。ルークは、父《とう》さんかマシューが母《かあ》さんに話《はな》していたときのことを思《おも》い出《だ》そうとした。

『ステーキを焼《や》く準備《じゅんび》はいいかい？　リバティ村《むら》の近《ちか》くのジョンストンさんがハムをほしがっているからそのかわりに……』

ジェンは茶色《ちゃいろ》の液体《えきたい》の入《はい》ったペットボトルを落《お》とした。

「肉《にく》を食《た》べてるの？」

ジェンは大声《おおごえ》で言《い》った。

「そうだよ。きみは食《た》べないの？」

「パパが手《て》に入《い》れてくれたときは食《た》べられるけど」

ジェンはそう言《い》いながら、かがんでペットボトルを拾《ひろ》った。ジェンはルークと自分《じぶん》の分《ぶん》のグラスにソーダを注《そそ》いだ。シュッと音《おと》がして泡《あわ》がたった。

「パパくらい地位《ちい》があっても難《むずか》しいのよ。政府《せいふ》はバロンを含《ふく》めてみんなをベジタリアンにさせようとしているから」

「どうして？」

ジェンはルークにグラスを渡《わた》した。

「野菜《やさい》を作《つく》るほうが、効率《こうりつ》がいいのよ。農家《のうか》が五百《ごひゃく》グラムの肉《にく》を生産《せいさん》するのと、同《おな》じ量《りょう》の――なんていったっけ？――大豆《だいず》を生産《せいさん》するのとでは、肉《にく》のほうがより土地代《とちだい》がかかるのよ」

ルークは大豆《だいず》を食《た》べるところを想像《そうぞう》して鼻《はな》にしわを寄《よ》せた。

「ぼくにはよくわからないな。でも、うちはいつも余《あま》った穀物《こくもつ》を豚《ぶた》の餌《えさ》にしていたよ。政府《せいふ》の基準《きじゅん》に満《み》たないやつをね。だけど政府《せいふ》に豚《ぶた》を飼《か》っちゃいけないって言《い》われてからは、余《あま》った穀《こく》物《もつ》を畑《はたけ》で腐《くさ》らせるしかなくなったんだ」

「そうなの？」

ジェンはニヤッと笑《わら》った。あたかもルークがたった今《いま》、政府《せいふ》の転覆《てんぷく》を宣言《せんげん》したかのようにうれしそうだった。それから、ルークがソーダに口《くち》をつけた瞬間《しゅんかん》、ジェンはその背中《せなか》を強《つよ》くたたいた。ソーダの炭酸《たんさん》とジェンが力《ちから》いっぱいたたいたせいで、ルークはせきこんだ。だけどジェンはそれに気《き》づいていないようだ。

「ほらね、言《い》ったでしょ。あなたならわたしの力《ちから》になってくれるって。今《いま》すぐ、掲示板《けいじばん》にのせなきゃ！」

「待《ま》って――」

ルークはせきこみながらあわてて言《い》った。ジェンが何《なに》をするつもりなのかはわからなかったが、家族《かぞく》までトラブルに巻《ま》きこむわけにはいかない。ルークはジェンのあとを追《お》って廊下《ろうか》を進《すす》み、パソコンの前《まえ》まで来《き》た。椅子《いす》に座《すわ》ったジェンがパソコンの電源《でんげん》を入《い》れるとビービービーという音《おと》がした。ルークが最初《さいしょ》に耳《みみ》にしたのと同《おな》じ音《おと》だ。ルークは慎重《しんちょう》にスクリーンからは見《み》えない位置《いち》に立《た》った。

「パソコンはかみついたりしないわよ。椅子《いす》をもってきて座《すわ》ってちょうだい」

ルークは少《すこ》しだけあとずさりした。

「だけど、政府《せいふ》が――」

「政府《せいふ》は無能《むのう》でマヌケなのよ」とジェン。

「わかった？　本当《ほんとう》よ。もし政府《せいふ》がこのパソコンを監視《かんし》しているんだったら、わたしのほうだってとっくにそのことに気《き》づいているわ」

ルークは言《い》われたとおりに、クッションのある椅子《いす》を引《ひ》っ張《ぱ》ってきて腰《こし》をかけた。そしてジエンがキーボードをたたくのをじっと見《み》ていた。

政府《せいふ》が農家《のうか》に売《う》り物《もの》にならない穀物《こくもつ》を家畜《かちく》に与《あた》えることを許可《きょか》すれば、より多《おお》くの食肉《しょくにく》が得《え》られるだろう

ルークのほっとしたことに、ジェンはルークの家族《かぞく》については何《なに》も触《ふ》れていない。でも、政《せい》府《ふ》が見《み》ていないのであれば、なんのためにそんなことを書《か》いたのだろう？

「今《いま》、打《う》った文章《ぶんしょう》はどこに行《い》っちゃったの？　だれが読《よ》むの？」

ジェンの書《か》いた文章《ぶんしょう》が消《き》えたので、ルークはそうたずねた。

「農務省《のうむしょう》の掲示板《けいじばん》にのせたの。今《いま》ごろ、パソコンを使《つか》っているだれかが読《よ》んでいるはず。脳《のう》みその足《た》りないお役人《やくにん》がこの十年間《じゅうねんかん》ではじめてその可能性《かのうせい》を考《かんが》えてみるかもね」

「だけど——」

ルークは当惑《とうわく》して眉《まゆ》をひそめた。

「そんなことがどうして重要《じゅうよう》なの？」

ジェンはルークをじっと見《み》つめた。

「知《し》らないのね？　なぜ『人口規制法《じんこうきせいほう》』ができたのか知《し》らないんでしょ？」

「う、うん」

「すべて食料《しょくりょう》の問題《もんだい》なの。このまま人口《じんこう》が増《ふ》え続《つづ》けたら食料《しょくりょう》が不足《ふそく》してしまうことを政府《せいふ》は恐《おそ》れている。だから、あなたやわたしを違法《いほう》にしたの。人《ひと》が増《ふ》えて飢《う》えないようにってね」

ルークの罪悪感《ざいあくかん》は一気《いっき》に倍《ばい》にふくらんだ。ポテトチップスを食《た》べていることへの罪《つみ》の意識《いしき》。ルークは口《くち》の中《なか》のものをごくりと飲《の》みこんだ。そして両手《りょうて》を膝《ひざ》におろしたまま、もうポテトチップスのボウルには手《て》をつけなかった。

「つまり、ぼくがいなかったら、その分《ぶん》の食《た》べ物《もの》をだれか違法《いほう》じゃない人《ひと》が食《た》べられるんだ」

だけど、ルークの家族《かぞく》についていえば、それはマシューかマークでしかない。それにふたりは飢《う》えとはほど遠《とお》い。マシューなど父《とう》さんと同《おな》じくらいウエスト周《まわ》りに脂肪《しぼう》がつき始《はじ》めている。

それから、ずっと前《まえ》のホームレスが言《い》っていたことを思《おも》い出《だ》した。

『もう三日《みっか》も飲《の》まず食《く》わずで……』

あれはルークのせいなのだろうか？

ジェンは声《こえ》をあげて笑《わら》った。

「そんなに心配《しんぱい》そうな顔《かお》をしないで。それはあくまで政府《せいふ》が言《い》っていることで、事実《じじつ》とは違《ちが》う。パパが言《い》うには食料《しょくりょう》はたくさんあるけれど、公平《こうへい》に配《くば》られていないだけだって。だからこそ『人口規制法《じんこうきせいほう》』なんてものは廃止《はいし》すべきなのよ。あなたやわたしのようなシャドウ・チルドレンの存在《そんざい》を認《みと》めさせるべきなのよ。それを実現《じつげん》するためにわたしたちはデモを行《おこな》うつもりでいるの」

何《なに》も知《し》らないルークにも、ジェンの言《い》い方《かた》から察《さっ》することができた。デモというのはよほど重要《じゅうよう》なことに違《ちが》いない。

「デモについて話《はな》してくれる？」

ルークはおずおずと聞《き》いた。

「もちろんよ」

ジェンは机《つくえ》を押《お》してパソコンから離《はな》れると、椅子《いす》を回転《かいてん》させた。

「何百人《なんびゃくにん》というシャドウ・チルドレンが集《あつ》まって、抗議《こうぎ》のデモ行進《こうしん》をするの。大統領官邸《だいとうりょうかんてい》まで行《い》って直談判《じかだんぱん》するつもりよっ。政府《せいふ》がわたしたちにみんなと同《おな》じ権利《けんり》を与《あた》えてくれるまでは絶対《ぜったい》に立《た》ち退《の》かないわ」

なんてことだ、とルークは思《おも》った。やっと仲間《なかま》に会《あ》えたと思《おも》ったのに。ジェンは正気《しょうき》じゃない。

「それでね」

ジェンはよく振《ふ》ったソーダのように快活《かいかつ》に言《い》った。

「あなたにもデモに来《き》てほしいの。すっごくいいアイデアだと思《おも》わない？」

18 チャットルーム

「ぼくには――」

ルークは得意《とくい》げな笑《え》みを浮《う》かべるジェンの顔《かお》をまともに見《み》ることができなかった。

「ぼくにはとてもじゃないけど――」

自分《じぶん》の家《いえ》とジェンの家《いえ》を往復《おうふく》するだけでもこんなにおびえているというのに。裏庭《うらにわ》を突《つ》っ切《き》ったのは今朝《けさ》で三回目《さんかいめ》だったが、心臓《しんぞう》がバクバクして、恐《おそ》ろしさのあまり破裂《はれつ》するのではないかと思《おも》ったくらいだ。だけど少《すく》なくとも、庭《にわ》ではだれも見《み》ていない。そんなルークに、人前《ひとまえ》に出《で》て、みんなに、そして政府《せいふ》の役人《やくにん》たちに見《み》られる勇気《ゆうき》などあるはずがない。「ぼくは三番目《さんばんめ》の子供《こども》だ。みんなと同《おな》じ権利《けんり》がほしい！」と訴《うった》えるなんてできっこない。

「怖《こわ》い？」

ジェンが静《しず》かに聞《き》いた。

ルークはただうなずいた。

ジェンはパソコンに向《む》き直《なお》った。

「そうね、わたしもよ」

ジェンは当然《とうぜん》のようにそう言《い》った。それからキーボードに何《なに》か打《う》ちこむとルークのほうに顔《かお》を向《む》けた。

「多少《たしょう》は怖《こわ》いわ。だけど、ほっとしない？　もう隠《かく》れたり、うそをついたりしなくていいんだから。とにかく自由《じゆう》になれるのよ！」

ルークは『ほっとする』の意味《いみ》を今《いま》まで取《と》り違《ちが》えていたのではないかと思《おも》った。ジェンのデモはひどい悪夢《あくむ》のようにしか聞《き》こえないのに『ほっとする』だなんて。

「考《かんが》えておいてね。今日《きょう》、決《き》める必要《ひつよう》はないから。じゃあ、チャットを始《はじ》めるわよ」

ルークがパソコンの画面《がめん》を見《み》ると、単語《たんご》が並《なら》んでいた。

カルロス：部屋《へや》の中《なか》は四十度以上《よんじゅうどいじょう》もあるんだ。それなのにうちの親《おや》は昼間《ひるま》、エアコンを使《つか》ったらだめだって。ひどいと思《おも》わない？

ショーン：使《つか》っちゃえばいいんだよ。親《おや》が帰《かえ》ってくる前《まえ》に消《け》しておけばいいだろ。パットもぼくもそうしてるよ。ばれないって。

カルロス：まあね。だけどうちの親《おや》はたぶん電気料金《でんきりょうきん》をチェックするはずだから。

ヨランダ：で、見《み》つかったらどうなるの？　今《いま》さら外出禁止《がいしゅつきんし》になるとか？

カルロス：それもそうだな。今《いま》、温度調整《おんどちょうせい》のコントローラーを探《さが》してるよ。

ヨランダ：ジェンはいるの？

ショーン：ジェンが早起《はやお》きするわけないだろ。

カルロス：ちぇっ。コントローラーが動《うご》かないや。ほんと、うちの親《おや》って意地悪《いじわる》だろ。ジェンはどこ？　いつもの皮肉《ひにく》たっぷりなコメントが聞《き》きたいよ。

ルークはジェンが打《う》っている文《ぶん》を読《よ》んだ。

ここにいるわ。ショーン、わたしだってちゃんと早起《はやお》きするのよ。だけど、いつも起《お》きてすぐにあなたたちとおしゃべりするわけじゃないの。それに、カルロス。どうしたっていうの？

目《め》に汗《あせ》でも入《はい》ったんじゃないい？　『たっっぷり』って、『っ』がひとつ多《おお》いわよ。大丈夫《だいじょうぶ》？

ジェンが別《べつ》のキーを押《お》すと、その文章《ぶんしょう》がみんなの文章《ぶんしょう》の下《した》に表示《ひょうじ》された。そしてまた別《べつ》の文《ぶん》。

ショーン：おはよう、ジェン。まだ生《い》きてたんだね。

ジェンはすぐにキーボードを打《う》った。

生《い》きてるんじゃない、ただ隠《かく》れてるだけよ。隠《かく》れているだけじゃ、生《い》きていることにはならないわ!!!

そして、送信《そうしん》した。

「これはなんなの？」

ルークが聞《き》いた。

「ゲームみたいなもの？」

ジェンは以前《いぜん》にカルロスの名前《なまえ》を口《くち》にしたことがあったが、それがだれなのか説明《せつめい》してくれなかった。パソコン上《じょう》の架空《かくう》の友達《ともだち》か何《なに》かだろうか？

「カルロス、ショーン、ヨランダ。みんな三番目《さんばんめ》の子供《こども》よ。ショーンなんてパットっていう弟《おとうと》までいる。つまり四番目《よんばんめ》の子供《こども》ってことね。こうやってみんなと会話《かいわ》しているの」

ルークは次《つぎ》に出《で》てきた文章《ぶんしょう》を見《み》た。

カルロス：心配《しんぱい》してくれてありがとう、ジェン。

「だけど、どうやって——？」

ルークはそれでも信《しん》じられなかった。

「ほら、知《し》ってるでしょ。ネットでおしゃべりするチャットルームよ。今度《こんど》、時間《じかん》のあるときに小難《こむずか》しい専門的《せんもんてき》なことを教《おし》えてあげるわね。とにかくネットがちゃんとつながってくれないと、やってらんないわ。だって、話《はな》し相手《あいて》がいなくなっちゃうじゃない」

ジェンはそう言《い》いながらも、キーボードを打《う》ち続《つづ》けていた。ルークは首《くび》を伸《の》ばして何《なに》が書《か》いてあるのかをのぞき見《み》た。

みんなちょっと聞《き》いて。実《じつ》はこの前話《まえはな》したルークって子《こ》がここにいるのよ。

すぐに三人《さんにん》から〈やあ、ルーク〉という返事《へんじ》が返《かえ》ってきた。

ルークはパニックになりそうだった。

「だけど、政府《せいふ》に……見《み》つかっちゃうよ」

ルークは言《い》った。

ジェンはおどけてルークの腕《うで》を強《つよ》くたたいた。

「びっくりさせちゃった？　でも、政府《せいふ》の人間《にんげん》はこのチャットルームには入《はい》れないわ。パスワードが必要《ひつよう》なの。シャドウ・チルドレンだけが知《し》っているパスワードよ。それに、たとえだれかに読《よ》まれたからって、どうなるっていうの？　世界《せかい》のどこかにルークって名前《なまえ》の男《おとこ》の子《こ》がいる。それだけのことよ。どうってことないわ」

「だけど、パソコンから追跡《ついせき》して、ぼくを見《み》つけるかもしれない」

ルークの心臓《しんぞう》はまだバクバクしていた。

「ねえ、もしパソコンやこのチャットルームから追跡《ついせき》できるなら、わたしはとっくに見《み》つかっているとは思《おも》わない？」

ルークは頭《あたま》の中《なか》を整理《せいり》しようとした。

「きみの親《おや》は賄賂《わいろ》を使《つか》うんでしょ。だからきみは安全《あんぜん》だけど、ぼくの親《おや》は――」

ジェンは首《くび》を横《よこ》に振《ふ》った。

「ううん、わたしも安全《あんぜん》じゃないわ」

ジェンは険《けわ》しい顔《かお》で言《い》った。

「わたしが見《み》つかったら、いくらうちの親《おや》でも人口警察《じんこうけいさつ》につかまってしまう。見《み》て見《み》ぬふりをしてくれるかもしれないけど、それすらどうだかわからないわ。人口警察《じんこうけいさつ》は違法《いほう》な子供《こども》をひとりでも見《み》つけたらばかみたいに多額《たがく》の報酬《ほうしゅう》がもらえるのよ。どうしてわたしが隠《かく》れているんだと思《おも》う？　どうしてデモを行《おこな》う必要《ひつよう》があるんだと思《おも》う？　みんなが安全《あんぜん》に暮《く》らせる世《よ》の中《なか》じゃなきゃだめなのよ。それに、ただ道《みち》を歩《ある》いたり、ショッピングセンターに行《い》ったり、車《くるま》に乗《の》ったりするだけのために賄賂《わいろ》を使《つか》うなんて……」

ルークはパソコンの画面《がめん》に目《め》を戻《もど》した。会話《かいわ》が続《つづ》いている。

「この人《ひと》たちはどうやってパスワードを知《し》ったの？　きみはどうやって？」

「このチャットルームはわたしが作《つく》ったもので、パスワードもわたしが考《かんが》えたの。で、すでに何人《なんにん》かのシャドウ・チルドレンを知《し》っていたから、うちの親《おや》からその子《こ》たちの親《おや》に伝《つた》えてもらって、その子《こ》たちがまた別《べつ》の子《こ》たちにパスワードを教《おし》えたってわけ。前回《ぜんかい》、数《かぞ》えたときには八《はっ》百人《ぴゃくにん》にはなっていたはずよ」

ルークは頭《あたま》を振《ふ》った。ルークの親《おや》だってそんなにたくさんの知《し》り合《あ》いはいないだろう。

「それで、そのパスワードって？」

ルークが聞《き》いた。

「自由《じゆう》」

ジェンが答《こた》えた。

「パスワードは『自由《じゆう》』よ」

19 『人口《じんこう》規制法《きせいほう》』

その日《ひ》、ルークは本《ほん》とパソコンから打《う》ちだした資料《しりょう》を山《やま》ほど抱《かか》えてジェンの家《いえ》をあとにした。

「読《よ》んでおくといいわ。いろいろわかるはずよ」とジェンは言《い》った。

ルークは部屋《へや》に戻《もど》ると、ベッドに腰《こし》をかけて、まず一冊目《いっさつめ》の本《ほん》を開《ひら》いた。分厚《ぶあつ》い本《ほん》で、表紙《ひょうし》には『人口増加《じんこうぞうか》の危機《きき》』という黒《くろ》い文字《もじ》で書《か》かれた不吉《ふきつ》なタイトルがあった。文字《もじ》は小《ちい》さくぎっしり詰《つ》まっている。ルークは拾《ひろ》い読《よ》みした。

「地球上《ちきゅうじょう》に生存《せいぞん》できる人口《じんこう》の収容限度《しゅうようげんど》については議論《ぎろん》が続《つづ》いているが――」

ルークは別《べつ》のところを読《よ》んだ。

「もし先進国《せんしんこく》での出生率《しゅっしょうりつ》が二《に》・一以下《いちいか》にとどまれば――」

父《とう》さんが政府《せいふ》から受《う》け取《と》る手紙《てがみ》を解読《かいどく》するのと同《おな》じようなものだった。ルークはあとの二冊《にさつ》のタイトルを見《み》た。『飢饉《ききん》の時代《じだい》の再訪《さいほう》』と『逆転《ぎゃくてん》する人口《じんこう》』、どちらも簡単《かんたん》には読《よ》めそうもない。パソコンから打《う》ちだした資料《しりょう》のほうは量《りょう》こそ少《すく》なかったが、『シャドウ・チルドレンの問《もん》題《だい》』と『人口規制法《じんこうきせいほう》―我《わ》が国《くに》の最大《さいだい》の過《あやま》ち』といった、ごたいそうなタイトルがついていた。

ルークはため息《いき》をついた。自分《じぶん》で読《よ》むのはやめて、ジェンに説明《せつめい》してもらいたいと思《おも》った。

ジェンが資料《しりょう》を渡《わた》すときにこう言《い》わなければ、実際《じっさい》にそうしていたかもしれない。

「あら、わたしったら！　あなた、文字《もじ》が読《よ》めないのよね？」

「読《よ》めるさ」

ルークはむっとして答《こた》えた。

「チャットルームのやりとりを読《よ》んでいただろ」

「そうだけど、もしかしたら読《よ》めないいかなって――あ、気《き》にしないで。また怒《おこ》らせちゃったかしら？　つい口《くち》がすべって。だけど文字《もじ》が読《よ》めなくても、恥《は》じることはないのよ。ああ、もう、また余計《よけい》なこと言《い》ってる。黙《だま》ってなきゃ。ほら、これよ」

そのあとで、ジェンは本棚《ほんだな》からさらに分厚《ぶあつ》い本《ほん》を選《えら》んでルークに渡《わた》した。

ルークは意《い》を決《けっ》したように、『人口増加《じんこうぞうか》の危機《きき》』の冒頭《ぼうとう》に戻《もど》って読《よ》み始《はじ》めた。

「人口過剰《じんこうかじょう》の危機《きき》をもたらすいくつかの要因《よういん》が一八〇〇年代《ねんだい》に予測《よそく》されて以来《いらい》、無知《むち》な傍観者《ぼうかんしゃ》は人類《じんるい》が絶滅《ぜつめつ》に近《ちか》づいていることにただ首《くび》をひねるだけだった。しかしながら――」

ルークは辞書《じしょ》に手《て》を伸《の》ばして、じっくり時間《じかん》をかけて読《よ》み進《すす》めた。

それから数日《すうじつ》の間《あいだ》は雨降《あめふ》りが続《つづ》いた。ルークはずっと読《よ》むことに集中《しゅうちゅう》していた。ジェンのところに行《い》きたいとも思《おも》わなかった。父《とう》さんが納屋《なや》や機械《きかい》のある倉庫《そうこ》を行《い》ったり来《き》たりする音《おと》が聞《き》こえた。収穫《しゅうかく》の時期《じき》が過《す》ぎた今《いま》、世話《せわ》をする豚《ぶた》もいなくなった父《とう》さんは暇《ひま》をもてあましているのかもしれない。だから、ルークは慎重《しんちょう》になっていた。いつでも枕《まくら》の下《した》に人口《じんこう》に関《かん》する本《ほん》を押《お》しこんで、冒険小説《ぼうけんしょうせつ》をとりだせるようにした。

四日目《よっかめ》、本当《ほんとう》にそうすることになった。父《とう》さんが階段《かいだん》をあがってくる足音《あしおと》が聞《き》こえたからだ。

「やあ、ルーク。何《なに》してるんだい？」

「別《べつ》に」

ルークはぎりぎりのところで『宝島《たからじま》』の本《ほん》をとりだしてその表紙《ひょうし》を上《うえ》にした。父《とう》さんはそれに気《き》づかなかった。

「トランプでもするかい？」

ふたりはルークのベッドの上《うえ》でトランプをした。ゲームの間中《あいだじゅう》、『人口増加《じんこうぞうか》の危機《きき》』の本《ほん》の角《かど》が背中《せなか》にあたっていた。ルークは本《ほん》で知《し》ったことについて父《とう》さんに聞《き》いてみたかった。最初《さいしょ》のゲームをしながら、ルークはなんとかその気持《きも》ちを抑《おさ》えて黙《だま》っていた。父《とう》さんがゲームに勝《か》った。

「もう一度《いちど》やるかい？」

父《とう》さんがトランプを切《き》りながら言《い》った。

「仕事《しごと》がないんならやるけど」

「十一月《じゅういちがつ》だぞ。家畜《かちく》もいないのに仕事《しごと》なんかあると思《おも》うか？　やらなきゃいけないとすれば、豚《ぶた》を売《う》ったお金《かね》がなくなったら支払《しはら》いをどうするか考《かんが》えることくらいだ」

「冬《ふゆ》の間《あいだ》、室内《しつない》で何《なに》か栽培《さいばい》できないかな？　特別《とくべつ》な明《あ》かりと大量《たいりょう》の水《みず》とミネラルを与《あた》えて地下《ちか》室《しつ》で育《そだ》てられるような作物《さくもつ》があるんじゃない？　それでそれを売《う》るっていうのはどうかな？」

ルークは何《なに》も考《かんが》えずにそう聞《き》いた。ちょうど本《ほん》の中《なか》の水耕栽培《すいこうさいばい》についての章《しょう》を読《よ》み終《お》わったところだった。

父《とう》さんは目《め》を細《ほそ》くした。

「どこかで聞《き》いたことがあるな」

次《つぎ》のゲームはルークが勝《か》った。父《とう》さんは上《うわ》の空《そら》だった。そしてとうとう、「もう終《お》わりにしていいかい？」と聞《き》いた。ルークは父《とう》さんにどこで水耕栽培《すいこうさいばい》のことを知《し》ったのか聞《き》かれるのではないかとビクビクしていた。だからただ「もちろん、いいよ」とだけ答《こた》えた。

「室内《しつない》で作物《さくもつ》を育《そだ》てる……ふーむ」

父《とう》さんはつぶやきながら部屋《へや》を出《で》た。

『人口規制法《じんこうきせいほう》』について、または飢饉《ききん》について、あるいは家族《かぞく》の歴史《れきし》のことでもいいから父《とう》さんに聞《き》いてみるだけの度胸《どきょう》があったらよかったのに、とルークは思《おも》った。難《むずか》しい言葉《ことば》に慣《な》れると、ジェンの貸《か》してくれた本《ほん》には驚《おどろ》くべき事実《じじつ》があふれていた。ルークがどうにか理解《りかい》したところによると、二十年前《にじゅうねんまえ》、世界《せかい》は単《たん》に人口過剰《じんこうかじょう》になったということらしい。貧《まず》しい国《くに》が特《とく》にひどい状態《じょうたい》で、餓死《がし》したり栄養失調《えいようしっちょう》になったりする人《ひと》たちがあとを絶《た》たなかったようだ。そしてさらに悪《わる》いことが起《お》こった。世界中《せかいじゅう》の食料《しょくりょう》の生産地《せいさんち》をひどい日照《ひで》りがおそったのだ。三年間《さんねんかん》、それらの場所《ばしょ》では何《なに》も育《そだ》たなくなった。あちこちで餓死《がし》する人《ひと》が相次《あいつ》いだ。ルークの国《くに》では、政府《せいふ》が食料《しょくりょう》を配給《はいきゅう》し始《はじ》め、一日《いちにち》に食事《しょくじ》は千五百《せんごひゃく》キロカロリーまでと決《き》められた。そして食《た》べ物《もの》を確保《かくほ》するために、政府《せいふ》がすべての食料《しょくりょう》を管理《かんり》するようになった。ジャンクフードを作《つく》っていた工場《こうじょう》は体《からだ》によい食《た》べ物《もの》を生産《せいさん》することを義務《ぎむ》づけられ、農家《のうか》はより豊《ゆた》かな土地《とち》に移《うつ》って農業《のうぎょう》を営《いとな》むようにと指示《しじ》された（それで祖父母《そふぼ》の家《いえ》の近《ちか》くには住《す》めなかったのだろうか？　ルークは両親《りょうしん》に聞《き》いてみたかった）。だが、政府《せいふ》はそれだけでは満足《まんぞく》しなかったようだ。これ以上《いじょう》、人口《じんこう》が増《ふ》えて、農家《のうか》の作《つく》る作物《さくもつ》が不足《ふそく》することがあってはならない。それで『人口規制法《じんこうきせいほう》』まで可決《かけつ》してしまった。

夕食《ゆうしょく》どきになると、シチューをすくったり、肉《にく》を切《き》ったりしながら、ルークは罪悪感《ざいあくかん》を覚《おぼ》えるようになった。自分《じぶん》のために、どこかでだれかが飢《う》えているのかもしれない。でも、飢《う》えている人《ひと》たちがどこにいるにせよ、食《た》べ物《もの》はその人《ひと》たちのところにはない。目《め》の前《まえ》の皿《さら》の上《うえ》にのっていて、ルークがすべて食《た》べることになる。

「ルーク、ここのところ無口《むくち》ね。大丈夫《だいじょうぶ》？」

ある夜《よる》、母《かあ》さんがそう聞《き》いた。キャベツのおかわりをすすめられたルークがそれを断《ことわ》ったときだった。

「なんでもないよ」

ルークはそう言《い》うと、また食《た》べ始《はじ》めた。

ルークは不安《ふあん》だった。もしかしたら政府《せいふ》の言《い》っていることが正《ただ》しくて、自分《じぶん》はこの世《よ》に存在《そんざい》してはならないのかもしれない。

パソコンから打《う》ちだしたふたつの資料《しりょう》を読《よ》み始《はじ》めるとやっと気分《きぶん》が晴《は》れた。ひとつ目《め》の記事《きじ》は「人口規制法《じんこうきせいほう》は悪《あく》である」と始《はじ》まり、もうひとつは「何百人《なんびゃくにん》という子供《こども》たちが家《いえ》の中《なか》にかくまわれ、虐待《ぎゃくたい》されたり、飢《う》えたり、無視《むし》されたり、不当《ふとう》な扱《あつか》いをされたり——場合《ばあい》によっては、理由《りゆう》もなく殺《ころ》されてしまうこともある。子供《こども》たちをシャドウ・チルドレンにすることは大虐殺《だいぎゃくさつ》を行《おこな》うことと同《おな》じである」と書《か》かれてあった。

「どうしてなの？」

一週間後《いっしゅうかんご》、やっとジェンの家《いえ》に行《い》くことができたルークが聞《き》いた。

「どうして本《ほん》に書《か》いてあることとパソコンから出《だ》した資料《しりょう》に書《か》いてあることはこんなにも違《ちが》っているの？」

ジェンはルークにソーダの入《はい》ったグラスを渡《わた》した。

「どういうこと？」

ジェンが聞《き》いた。

ルークは『人口増加《じんこうぞうか》の危機《きき》』を指《ゆび》さした。

「この本《ほん》には、『人口規制法《じんこうきせいほう》』がなければ人類《じんるい》は絶滅《ぜつめつ》してしまうと書《か》かれているけど、これには――」

ルークは『シャドウ・チルドレンの問題《もんだい》』の紙《かみ》を掲《かか》げた。

「『人口規制法《じんこうきせいほう》』はまったく必要《ひつよう》のない残酷《ざんこく》な法《ほう》だって書《か》いてある。食料《しょくりょう》は飢饉《ききん》のときだって十分《じゅうぶん》にあったけど、バロンがひとりじめにしていたって」

そう言《い》ってから、ジェンがバロンであることをルークは思《おも》い出《だ》した。

「ごめん」

ジェンは肩《かた》をすくめた。少《すこ》しも腹《はら》を立《た》ててはいないようだ。

「だからどっちが本当《ほんとう》のことなの？」

ジェンはポテトチップスをボウルの中《なか》に入《い》れた。

「考《かんが》えてもみて。本《ほん》のほうは政府《せいふ》が出版《しゅっぱん》を許可《きょか》したのよ――たぶん、お金《かね》も払《はら》っているんだと思《おも》う。だから当然《とうぜん》、政府《せいふ》が国民《こくみん》に信《しん》じこませたいことを書《か》くのが前提《ぜんてい》なの。政治的《せいじてき》な宣伝《せんでん》にすぎないってわけ。だけど、そっちの記事《きじ》を書《か》いた人《ひと》はそうした情報《じょうほう》を表《おもて》に出《だ》すことで危険《きけん》にさらされる。だからその記事《きじ》のほうが正《ただ》しいってことになるでしょ」

ルークはジェンの言《い》ったことをじっくり考《かんが》えてみた。

「じゃあ、どうしてぼくに本《ほん》も貸《か》してくれたの？」

「政府《せいふ》がいかに愚《おろ》かであるかがはっきりするからよ。それに、なぜ政府《せいふ》が真実《しんじつ》と向《む》き合《あ》う必要《ひつよう》があるのかもわかるでしょ」

ルークは、ジェンの家《いえ》のキッチンカウンターに置《お》かれた分厚《ぶあつ》い本《ほん》の山《やま》を見《み》た。その本《ほん》はいかにも正式《せいしき》なもの、重要《じゅうよう》なもののように見《み》えた——それが真実《しんじつ》ではないなどと、ルークに言《い》えるはずがなかった。

20 うその身《み》分《ぶん》証《しょう》明《めい》書《しょ》

ルークは、雪《ゆき》が降《ふ》り始《はじ》めると何《なん》か月《げつ》もジェンの家《いえ》に行《い》けなくなるのでは、と心配《しんぱい》していた。でも、その年《とし》の冬《ふゆ》は暖《あたた》かく、ほとんどの日《ひ》がすがすがしいよい天気《てんき》になった。木々《きぎ》の葉《は》が落《お》ちて身《み》を隠《かく》すことはできなくなったが、それでもこっそり裏庭《うらにわ》を横切《よこぎ》っていくことに、ルークはそれほど不安《ふあん》を感《かん》じなくなっていた。一月《いちがつ》の半《なか》ばころには、心臓《しんぞう》が変《へん》にバクバクすることもなくなっていた。近所《きんじょ》のバロンに見《み》られる可能性《かのうせい》はほとんどないのだから、心配《しんぱい》する必要《ひつよう》はなかった。ルークが唯一《ゆいいつ》、気《き》がかりだったのは父《とう》さんのことだった。

父《とう》さんは冬《ふゆ》の間《あいだ》はたいてい家《いえ》の近《ちか》くにいる。家畜《かちく》がいなくなった今《いま》は、特《とく》にいつもより家《いえ》にいることが多《おお》くなり、そのせいで、ルークはジェンに会《あ》いにいけなくなった。ところが、父《とう》さんはある日突然《ひとつぜん》、朝《あさ》から町《まち》に出《で》かけるようになった。

「図書館《としょかん》に行《い》ってくる。お昼《ひる》に食《た》べるものはそこにあるだろ?」「スライトンにちょっと見《み》てみたいプラスチックのチューブがあるんだ。学校《がっこう》からマシューとマークが帰《かえ》ってきたらそう伝《つた》えてくれ」

父《とう》さんは屋根裏部屋《やねうらべや》にいるルークに向《む》かってそう声《こえ》をかけた。

「水耕栽培《すいこうさいばい》のことだよ」

一月末《いちがつすえ》のある日《ひ》、ルークはジェンに自慢《じまん》げに言《い》った。ふたりはパソコンの前《まえ》に並《なら》んで座《すわ》っていた。

「ぼくの言《い》ったことでやる気《き》になったんだ。父《とう》さんはそれに夢中《むちゅう》で、ぼくのやっていることに気《き》づいていないよ」

「水耕栽培《すいこうさいばい》ってなんなの？」

ジェンが聞《き》いた。

「きみが貸《か》してくれた本《ほん》に書《か》いてあったんだ。ほら、土《つち》を使《つか》わないで、水《みず》と特別《とくべつ》なミネラルだけで、家《いえ》の中《なか》で植物《しょくぶつ》を育《そだ》てる方法《ほうほう》だよ」

「あなたのお父《とう》さん、政府《せいふ》がそれを許《ゆる》してくれると思《おも》っているのかしら？」

「たぶん、そうだと思《おも》う。だめな理由《りゆう》なんてないだろ？」

ジェンは肩《かた》をすくめた。

「政府《せいふ》が理《り》にかなったことをするとでも思《おも》う？」

ルークは答《こた》えられなかった。ジェンはパソコンの画面《がめん》のチャットルームに向《む》き直《なお》った。みんなで、偽《にせ》の身分証明書《みぶんしょうめいしょ》、つまり偽造《ぎぞう》ＩＤ《アイディー》カードについて話《はな》し合《あ》っていた。

カルロス：ぼくが十八歳《じゅうはっさい》になるまでID《アイディー》カードは買《か》わないって母《かあ》さんが言《い》うんだ。大人用《おとなよう》のほうが政府《せいふ》に疑《うたが》われにくいし、安《やす》くなっているだろうからって。
パット：ショーンとぼくが手《て》に入《い》れるころには九十歳《きゅうじっさい》になってるよ。父《とう》さんと母《かあ》さんはずっとそのために貯金《ちょきん》してくれているけど。
ヨランダ：うちのパパは、ちゃんとしたものが見《み》つかるまでは待《ま》つって言《い》ってるわ。お粗末《そまつ》なものがたくさん出《で》まわっているみたい。

ジェンは猛然《もうぜん》とキーボードを打《う》った。

偽造《ぎぞう》ID《アイディー》カードがどうして必要《ひつよう》なの？　カルロス、あなたは『ジョン・スミス』っていう名《な》前《まえ》のID《アイディー》カードを手《て》に入《い》れたら、この先《さき》ずっと、白人《はくじん》のふりをしなければならないのよ。わたしはもう何年《なんねん》も、両親《りょうしん》から偽造《ぎぞう》ID《アイディー》カードをもつように言《い》われてる。だけど、『ジェン・タルボット』って書《か》いてある、わたし自身《じしん》のものが手《て》に入《はい》るまでは絶対《ぜったい》にいやよ。みんなデモのこと、忘《わす》れたの？　わたしたちが存在《そんざい》していることを証明《しょうめい》する、本物《ほんもの》のID《アイディー》カードを手《て》に入《い》れるのよ!!!　**わたしたちは偽物《にせもの》じゃない！　わたしたちは隠《かく》れるべきじゃない！**

ジェンがエンターキーをたたきつけると、パソコンが揺《ゆ》れた。

「だけど、ジェン」

ルークが恐《おそ》る恐《おそ》る聞《き》いた。

「偽《にせ》のＩＤ《アイディー》カードを使《つか》ってお母《かあ》さんと買《か》い物《もの》に行《い》っていたよね。お母《かあ》さんの姪《めい》っ子《こ》ってことにして」

ジェンはルークをじろりとにらんだ。

「違《ちが》うわ。あれはただのショッピング用《よう》よ。あれを使《つか》うのも気《き》が進《すす》まないけど、一《いち》から十《じゅう》まで親《おや》と言《い》い争《あらそ》うわけにもいかないでしょ。ここで話題《わだい》になっているのは」

ジェンはパソコンの画面《がめん》を指《ゆび》さした。

「どこでも通用《つうよう》する、一生使《いっしょうつか》うことになる身分証明書《みぶんしょうめいしょ》のことよ。ほとんどのシャドウ・チルドレンがいずれは手《て》に入《い》れることになるの。そこから先《さき》の人生《じんせい》を別《べつ》の家族《かぞく》と暮《く》らして、別《べつ》の人物《じんぶつ》として生《い》きていくってこと」

「きみは隠《かく》れていたほうがいいの？」

違《ちが》う名前《なまえ》で、違《ちが》う家族《かぞく》と暮《く》らし、違《ちが》う人間《にんげん》になる。ルークには想像《そうぞう》もできなかった。

「そうじゃないわ」

ジェンはイライラしながらそう答《こた》えた。

「だけど、偽造《ぎぞう》ＩＤ《アイディー》カードを手《て》に入《い》れることは、結局《けっきょく》は隠《かく》れていることと同《おな》じなのよ。わたしはわたしでありたいの。本当《ほんとう》の自分《じぶん》の姿《すがた》で、みんなと同《おな》じように生《い》きたいの。それだけは絶対《ぜったい》に妥協《だきょう》できない。だから、このおばかさんたちにデモが唯一《ゆいいつ》のチャンスだって言《い》い続《つづ》けているわけ」

ジェンの言葉《ことば》のあと、パソコンの画面《がめん》にはショックを受《う》けたような空白《くうはく》があった。それから、カルロスから意《い》を決《けっ》したようなな返事《へんじ》が返《かえ》ってきた。

あのさ、ジェン、両親《りょうしん》の高血圧《こうけつあつ》の薬《くすり》、そのあたりにないの？　あるんだったら飲《の》んだほうがいいよ

ジェンはパソコンの電源《でんげん》をパチンと消《け》した。画面《がめん》はすぐに暗《くら》くなった。椅子《いす》を回転《かいてん》させてルークのほうを向《む》いたジェンは拳《こぶし》をぎゅっと握《にぎ》りしめていた。

「ああもう！」

ジェンは不満《ふまん》に顔《かお》をゆがめて、そう叫《さけ》んだ。

「ジェン？」

ルークはジェンから体《からだ》を引《ひ》いた。その拳《こぶし》で殴《なぐ》られるかもしれないと恐《おそ》れて。

ジェンは驚《おどろ》いたようにルークを見《み》た。まるで、ルークがそこにいるのを忘《わす》れていたかのように。

「『もうやってらんない』って言《い》いたくなったことはない？」

ジェンは椅子《いす》から飛《と》びあがると、部屋《へや》の中《なか》を行《い》ったり来《き》たりした。

「太陽《たいよう》の下《した》に飛《と》びでて、『隠《かく》れるのはやめた！　もうどうだっていい！』って言《い》いたくなったことは？　そんなふうに思《おも》うのはわたしだけなの？」

「きみだけじゃないよ」

ルークはささやくように言《い》った。

ジェンはパソコンのほうを向《む》くと画面《がめん》を指《ゆび》さした。

「じゃあ、あの子《こ》たちはどうしたっていうの？　どうしてわかってくれないの？　どうして真《しん》剣《けん》に話《はな》し合《あ》わないの？」

ルークは唇《くちびる》をかんだ。

「たぶん、感情《かんじょう》のあらわし方《かた》は人《ひと》それぞれなんじゃないかな。きみの仲間《なかま》は冗談《じょうだん》を言《い》って不満《ふまん》を表《おもて》に出《だ》すタイプだけど、きみは声《こえ》をかぎりに叫《さけ》んで相手《あいて》に立《た》ち向《む》かうタイプなんだよ」

ルークは自分《じぶん》が誇《ほこ》らしかった。この世《よ》にたった五人《ごにん》の人間《にんげん》しか知《し》らないのに、そんなことを考《かんが》えついたのだから。そして、ルークはそのとき、はじめて考《かんが》えてみた。ルーク以外《いがい》の家族《かぞく》が隠《かく》れなければならなくなったらどうなるかと。父《とう》さんはきっと不機嫌《ふきげん》そうにしているだろう。

母《かあ》さんはあくまで前向《まえむ》きだが、不幸《ふしあわ》せなのはだれの目《め》にも明《あき》らかだ。マシューは何《なに》も言《い》わないが、悲《かな》しそうにしているはずだ。もう飼《か》うことのできなくなった豚《ぶた》の話《はなし》を聞《き》くときのように。

マークはイライラしてみんなをうんざりさせるに違《ちが》いない。ルークははじめて、自分《じぶん》を誇《ほこ》りに思《おも》った。家族《かぞく》の中《なか》のだれよりも、隠《かく》れることとうまく折《お》り合《あ》いをつけているのだから。たぶん。

ジェンはルークの言《い》ったことに鼻《はな》をならした。

「なんとでも言《い》えばいいわ」

ジェンはパソコンの前《まえ》の椅子《いす》に座《すわ》った。

「デモは四月《しがつ》にやる予定《よてい》よ。すべての準備《じゅんび》を整《ととの》えるまでにあと三《さん》か月《げつ》しかない」

ジェンはパソコンの電源《でんげん》を入《い》れると、一心不乱《いっしんふらん》にキーボードを打《う》ち始《はじ》めた。

ルークはそれから二《に》、三時間《さんじかん》たってから、こっそりジェンの家《いえ》をあとにした。けれど、ジェンはルークが帰《かえ》ったことにさえ気《き》づいていなかったかもしれない。

21 嵐《あらし》の前《まえ》の静《しず》けさ

二月《にがつ》に入《はい》って、父《とう》さんは政府《せいふ》から手紙《てがみ》を受《う》け取《と》った。室内《しつない》で作物《さくもつ》を栽培《さいばい》することを禁《きん》じる内《ない》容《よう》の手紙《てがみ》だった。

「建物内部《たてものないぶ》での植物《しょくぶつ》の発芽《はつが》、栽培《さいばい》に使用《しよう》されるプラスチック管《かん》の過剰購入《かじょうこうにゅう》が見《み》られるが」

手紙《てがみ》はそう始《はじ》まっていた。

「違法《いほう》な作物《さくもつ》の栽培《さいばい》においてそのような物品《ぶっぴん》を使用《しよう》する方法《ほうほう》が多数見受《たすうみう》けられるため、ただちに作業《さぎょう》を中止《ちゅうし》することを命《めい》じる……」

夕食《ゆうしょく》のとき、父《とう》さんたちはその手紙《てがみ》を解読《かいどく》しようとしていた。ルークは最後《さいご》にそれを読《よ》んだ。ジェンの貸《か》してくれたあの分厚《ぶあつ》い本《ほん》を読《よ》んでから、小難《こむずか》しい言葉《ことば》にもそれほどひるまなくなっていた。

「政府《せいふ》はやめさせたがってるんだよ。違法《いほう》なものを作《つく》るんじゃないかって恐《おそ》れているんだ。それと、ここは――」

ルークはそう言《い》って手紙《てがみ》を指《ゆび》さしたが、家族《かぞく》はルークから一《いち》メートルほど離《はな》れたテーブルについていて、ルークはいつもの階段《かいだん》にいた。

「この部分《ぶぶん》、『裁定《さいてい》を下《くだ》す判断《はんだん》とするため、すべての購入物《こうにゅうぶつ》を提出《ていしゅつ》せよ』ってところは、父《とう》さんに買《か》ったものを全部《ぜんぶ》、渡《わた》せって言《い》ってるんだよ。それで罰金《ばっきん》を科《か》すかどうかを決《き》めるんだと思《おも》う」

みんなは驚《おどろ》いてルークの顔《かお》を見《み》た。それから、マークがくすくす笑《わら》いだした。

「ドラッグだ。政府《せいふ》はドラッグを作《つく》っていると思《おも》ってるんだ」

父《とう》さんはマークに心底《しんそこ》うんざりした目《め》を向《む》けた。

「笑《わら》っていられるのか？　来年《らいねん》、おまえの足《あし》が大《おお》きくなったって新《あたら》しい靴《くつ》を買《か》ってやれないかもしれないんだぞ」

マークの笑《わら》い声《ごえ》が止《と》まった。

「なんとかやっていけるわ。いつもそうしてきたんだから」

母《かあ》さんが静《しず》かに言《い》った。

父《とう》さんがテーブルを押《お》して後《うし》ろにさがった。

「許《きょ》可《か》を得《え》ればよかったんだろ?」

父《とう》さんはだれにともなくそう聞《き》いた。

「許《きょ》可《か》さえ得《え》られれば——」

ルークは手紙《てがみ》を最後《さいご》まで読《よ》みきった。

「政府《せいふ》は水耕栽培《すいこうさいばい》には許《きょ》可《か》を出《だ》さないんだ。違《い》法《ほう》だってここに書《か》いてある」

父《とう》さんはがっかりした。お金《かね》の心配《しんぱい》をしている父《とう》さんや母《かあ》さんを見《み》ると、頭《あたま》の片隅《かたすみ》から小《ちい》さな声《こえ》が聞《き》こえてくるようだった。

〈おまえさえいなければ、なんでも買《か》えたかもしれないのに〉

だけど、ルークは小食《しょうしょく》だし、服《ふく》はすべてマシューやマークのおさがりだった。屋《や》根《ね》裏《うら》部《べ》屋《や》を暖《あたた》かくするのにもそれほどお金《かね》をかけてはいないだろう。外《そと》をのぞくときに座《すわ》るトランクの上《うえ》に、氷《こおり》が張《は》っていることもあるのだから。ルークは自分《じぶん》の中《なか》のその声《こえ》を無視《むし》しようとした。

ルークがいちばん困《こま》ったのは、水耕栽培《すいこうさいばい》のことで頭《あたま》がいっぱいだった父《とう》さんが、残《のこ》りの冬《ふゆ》、やることがなくなって家《いえ》をあけることがほとんどなくなってしまったことだった。二月《にがつ》に一回《いっかい》、三月《さんがつ》に二回《にかい》、父《とう》さんが安《やす》いトウモロコシの種《たね》を探《さが》しに出《で》かけたときにだけ、ルークはジェンの家《いえ》に行《い》くことができた。

ジェンはいつも大歓迎《だいかんげい》してくれた。ルークに会《あ》えるのが本当《ほんとう》にうれしそうだった。一月《いちがつ》にかんしゃくを起《お》こしたことなど忘《わす》れてしまっているようだった。一度目《いちどめ》に訪《たず》ねたときは、ふたりでクッキーを焼《や》いてキッチンをめちゃくちゃにした。

「きみの両親《りょうしん》はいやがらないの？」

ルークが聞《き》いた。

戸棚《とだな》や冷蔵庫《れいぞうこ》やガスコンロについた小麦粉《こむぎこ》の跡《あと》を拭《ふ》き取《と》ろうとしたルークに、ジェンがやめるようにと言《い》ったからだ。

「いやがるわけないでしょう？　このままにしておいて。わたしに少《すこ》しでも家庭的《かていてき》なところがあるって知《し》ったらふたりとも感動《かんどう》するわよ」とジェンは言《い》った。

二度目《にどめ》は、家族《かぞく》で過《す》ごすファミリー・ルームにボードゲームを広《ひろ》げて、午前中《ごぜんちゅう》ずっとゲームをしていた。

三度目《さんどめ》は、ただずっとおしゃべりをしていた。ジェンはこれまでに行《い》った場所《ばしょ》や、会《あ》った人《ひと》や、目《め》にしたことについて話《はなし》をしてくれた。ルークは夢中《むちゅう》になって聞《き》いた。

「わたしがまだ小《ちい》さかったとき、ママに連《つ》れられて子供《こども》たちが一緒《いっしょ》に遊《あそ》ぶサークルに参加《さんか》したの。シャドウ・チルドレンだけが集《あつ》まるサークルだったのよ」

ジェンはそう言《い》うと、くすくす笑《わら》った。

「実《じつ》はね、そこにいた全員《ぜんいん》が政府《せいふ》の役人《やくにん》の子供《こども》たちだったの。中《なか》にはそもそも子供《こども》なんて好《す》きでもなんでもない親《おや》もいたわ。『人口規制法《じんこうきせいほう》』を堂々《どうどう》と破《やぶ》って、ばれないでいることが権威《けんい》の象徴《しょうちょう》だとでも思《おも》っていたのね」

「サークルでは何《なに》をするの？」

「もちろん、遊《あそ》ぶのよ。みんなおもちゃをたくさんもっているから。ある子供《こども》がときどき犬《いぬ》を連《つ》れてきたわ。みんなで順番《じゅんばん》に犬用《いぬよう》のビスケットをあげたっけ」

「ペットまで飼《か》っていたの？」

ルークは驚《おどろ》いてそう聞《き》いた。

「まあね。ほら、バロンだから」

ルークは顔《かお》をしかめ、ふかふかのソファに体《からだ》をすべらせるようにして座《すわ》った。ルークの家《いえ》にあるものとは似《に》ても似《に》つかないものだ。

「父《とう》さんが子供《こども》のころは、どの家《いえ》でもペットを飼《か》っていたんだって。父《とう》さんはブーツィーっていう名前《なまえ》の犬《いぬ》と、ストライプっていう名前《なまえ》の猫《ねこ》を飼《か》っていて、いつもその話《はなし》をするよ。政府《せいふ》はどうしてペットを禁止《きんし》したんだろう？」

「ほら、食料《しょくりょう》の問題《もんだい》があるからよ」

ジェンはそう言《い》うと、箱《はこ》からチョコチップクッキーを一枚《いちまい》つまんで、それを大《おお》げさに振《ふ》った。

「犬《いぬ》や猫《ねこ》がいなければ、人間《にんげん》にその分《ぶん》の食料《しょくりょう》が行《い》きわたるでしょ。パパが言《い》ってたわ。平気《へいき》で法律《ほうりつ》を破《やぶ》るバロンがいなければ、たくさんの生《い》き物《もの》が絶滅《ぜつめつ》しただろうって」

ルークは手《て》にしたクッキーを見《み》た。動物《どうぶつ》の分《ぶん》の食料《しょくりょう》を自分《じぶん》が食《た》べていることに、人間《にんげん》のときと同《おな》じように罪《つみ》の意識《いしき》を感《かん》じるべきだろうか？

ジェンはルークの表情《ひょうじょう》に気《き》づいた。

「ねえ、そんな間《ま》の抜《ぬ》けた顔《かお》をしないでよ。全部《ぜんぶ》うそなんだから。この世《よ》には食《た》べ物《もの》なんていくらでもあるのよ。特《とく》に今《いま》は生《う》まれてくる赤《あか》ちゃんの数《かず》が減《へ》ってるんだから」

「どういうこと？」

「政府《せいふ》は『人口規制法《じんこうきせいほう》』を可決《かけつ》しただけでなくて、妊娠《にんしん》して子供《こども》をもつこと自体《じたい》が悪《あく》であるっていう宣伝《せんでん》をしたの。町中《まちじゅう》にポスターを貼《は》ったのよ。妊婦《にんぷ》とこわもての悪党《あくとう》みたいな人《ひと》たちの写真《しゃしん》を並《なら》べて、その下《した》に、『いちばんの悪者《わるもの》はだれだ』って書《か》いてあるポスターをね。それでポスターを全部《ぜんぶ》読《よ》めば、女性《じょせい》がいちばん悪《わる》いってことを言《い》っているのがわかるのよ」

ジェンは忍《しの》び笑《わら》いをもらした。

「もう一枚《いちまい》のポスターには、妊婦《にんぷ》の大《おお》きなおなかが写《うつ》っていて、こう書《か》いてあるの。『女性《じょせい》のみなさん、こんなみっともないおなかになりたいですか』ってね。それに妊娠《にんしん》した女性《じょせい》はどこにも行《い》ってはいけないの。だから、赤《あか》ん坊《ぼう》を産《う》む人《ひと》が少《すく》なくなって、人口《じんこう》はかつての半分《はんぶん》まで減《へ》りつつあるってパパが言《い》っていたわ」

ルークは頭《あたま》を振《ふ》った。いつものことだがわけがわからなかった。

「じゃあ、どうして政府《せいふ》はそのポスターをはがして好《す》きなだけ子供《こども》を産《う》ませてくれないの？」

ジェンはぐるりと目《め》をまわした。

「ルーク、いいかげん、まともに考《かんが》えようとするのはやめてちょうだい。それが政府《せいふ》なの。だからデモをやって――」

ルークはあわてて話題《わだい》を変《か》えた。

「妊娠《にんしん》したらどこにも行《い》けないのなら、その間《あいだ》、その人《ひと》たちは何《なに》をしているの？　人間《にんげん》の場合《ばあい》は知《し》らないけど、豚《ぶた》は赤《あか》ちゃんを産《う》むまでに四《よん》か月《げつ》くらいかかるんだよ。ずっと家《いえ》にいるの？」

「わたしたちみたいに隠《かく》れているかってこと？」

ジェンはルークの話《はなし》にのってきた。

「ただ太《ふと》ったふりをする人《ひと》がほとんどね。ママはわたしを産《う》む前《まえ》の日《ひ》まで買《か》い物《もの》に行《い》ったけど、だれにも気《き》づかれなかったって言《い》っていたわ」

それから、母親《ははおや》が上等《じょうとう》なハンドバッグを売《う》っているお店《みせ》を聞《き》きつけて、十時間《じゅうじかん》もかかる場所《ばしょ》までジェンを買《か》い物《もの》につきあわせた話《はなし》になった。

「うちの兄《あに》たちがわたしを密告《みっこく》しない唯一《ゆいいつ》の理由《りゆう》はたぶんそれよ。わたしがいなかったら、ママは兄《あに》たちを連《つ》れまわすだろうから。あのゴリラみたいなふたりがショッピングバッグをもってる姿《すがた》なんて想像《そうぞう》できる？」

ジェンは腕《うで》に重《おも》いショッピングバッグを抱《かか》えて歩《ある》きまわる真似《まね》をした。ルークは遠《とお》くからしかジェンの兄弟《きょうだい》を見《み》たことがなかったが、それでもそっくりだったので、声《こえ》をあげて笑《わら》った。

「お兄《にい》さんたちはきみを密告《みっこく》したりしないよ。そうでしょ？」

「もちろん、しないわ。わたしのことすごーく愛《あい》しているもの」

ジェンはそう言《い》うと、おどけて自分《じぶん》を抱《だ》きしめるような仕草《しぐさ》をして、ルークの横《よこ》のソファに倒《たお》れこんだ。

「どっちにしても、あのふたりはそんなに賢《かしこ》くないから、家族《かぞく》を巻《ま》きこまずにわたしを密告《みっこく》する方法《ほうほう》なんて思《おも》いつきやしないわ。あなたのお兄《にい》さんたちはどうなの？」

「マシューやマークはばかじゃないよ」

ルークはふたりをかばうように言《い》った。

「それとも、きみの聞《き》いているのは――」

「あなたを裏切《うらぎ》ったりする？」

ジェンは興味津々《きょうみしんしん》にそう聞《き》いた。

「今《いま》、裏切《うらぎ》るかどうかってことじゃなくて、そうね、たとえば、今《いま》から何年《なんねん》もたって両親《りょうしん》が死《し》んだら、あなた以外《いがい》の人《ひと》が巻《ま》きこまれる心配《しんぱい》はないわけでしょ。お金《かね》をたくさんもらえるってなったら——」

それはルークが今《いま》まで考《かんが》えたこともない質問《しつもん》だったが、答《こた》えはわかりきっていた。

「絶対《ぜったい》に裏切《うらぎ》らないよ」

ルークは声《こえ》をうわずらせて真顔《まがお》で答《こた》えた。

「マシューとマークは信用《しんよう》できる。だって、ぼくたち一緒《いっしょ》に育《そだ》ったんだよ」

ルークがこれほど確信《かくしん》をもって言《い》えるのは不思議《ふしぎ》なことでもあった。今《いま》のふたりにはルークをからかう時間《じかん》すらないのだから。マシューには真剣《しんけん》につきあい始《はじ》めたガールフレンドがいて、暇《ひま》さえあれば彼女《かのじょ》の家《いえ》で過《す》ごしている。マークは突然《とつぜん》、バスケットボールにはまって、父《とう》さんを説得《せっとく》して古《ふる》いタイヤのホイールを納屋《なや》にとりつけてもらい、夜遅《よるおそ》くまでシュートの練習《れんしゅう》をしている。ルークはふたりを心《こころ》から信用《しんよう》しているが、マシューとマークがルークをおいて大人《おとな》になってしまったように感《かん》じることがあった。それがルークにはさみしかった。

でも、そのことはたいした問題《もんだい》ではなかった。今《いま》のルークにはジェンがいるのだから。

ルークはその日《ひ》、ジェンがデモについて触《ふ》れないようにと話《はなし》をそらし続《つづ》けた。ふたりはパソコンのそばにも近寄《ちかよ》らなかった。ただひたすら楽《たの》しい時間《じかん》を過《す》ごした。その二《に》、三時間後《さんじかんご》にルークは家《いえ》に戻《もど》ったが、もう今《いま》までのように隠《かく》れることが気《き》にならなくなっていた。ジェンに会《あ》えるのなら、ずっとこのままでもいい。もうすぐ木々《きぎ》には葉《は》が生《お》い茂《しげ》り、ジェンの家《いえ》に行《い》くのもずっとたやすくなる。そして種《たね》まきの時期《じき》が来たら、父《とう》さんは一日中《いちにちじゅう》、畑《はたけ》で仕事《しごと》をする。ルークはいつでもジェンに会《あ》えるだろう。

だが、四月《しがつ》は種《たね》まきの時期《じき》の前《まえ》にやってきた。

22 デモの計画《けいかく》

四月《しがつ》に入《はい》って最初《さいしょ》の二週間《にしゅうかん》は雨《あめ》が降《ふ》った。ルークはいつジェンに会《あ》えるのだろうかと気《き》が気《き》ではなかった。やっと地面《じめん》が乾《かわ》いて、父《とう》さんが農作業《のうさぎょう》をしに畑《はたけ》へ出《で》ると、ルークはジェンの家《いえ》にまっしぐらに向《む》かった。

「ああ、よかった！」

ジェンはルークに言《い》った。

「やっと戦略《せんりゃく》を伝《つた》えられるわ。木曜日《もくようび》の夜《よる》にあなたを迎《むか》えにいって、それから話《はな》すしかないだろうって思《おも》っていたのよ」

ルークは慎重《しんちょう》にドアを閉《し》めてブラインドをまっすぐに直《なお》した。これでふたりの姿《すがた》は完全《かんぜん》に隠《かく》れているはずだ。ルークはジェンのほうを向《む》いた。

「なんのこと？」

ルークはそう聞《き》いたが、わかっていた。心臓《しんぞう》の鼓動《こどう》が裏庭《うらにわ》を走《はし》ってきたときよりも激《はげ》しく打《う》ち始《はじ》めた。

「もちろん、デモのことよ」ジェンはもどかしげに言《い》った。

「準備《じゅんび》は整《ととの》ったわ。うちの親《おや》の車《くるま》を借《か》りて、行《い》く途中《とちゅう》で三人《さんにん》ほど乗《の》せていくつもり。だけど、あなたの座《すわ》る場所《ばしょ》はちゃんととってあるから。ラッキーだと思《おも》ってね。その他大勢《たおおぜい》の子《こ》たちは歩《ある》いていくんだから。午前六時《ごぜんろくじ》に大統領官邸《だいとうりょうかんてい》の前《まえ》に集合《しゅうごう》する予定《よてい》よ」

ルークはブラインドのひもをぎゅっと握《にぎ》った。

「車《くるま》の運転《うんてん》の仕方《しかた》を知《し》ってるの？」

「当然《とうぜん》よ」

ジェンはいたずらっぽく笑《わら》った。

「兄《あに》たちに教《おそ》わったの。こっちに来《き》て」

ジェンはソファのほうに来《く》るようにと手招《てまね》きした。ルークはソファに沈《しず》みこむように座《すわ》り、ジェンは端《はし》にちょこんと腰《こし》をかけた。

「きみたちが首都《しゅと》に着《つ》く前《まえ》に人口警察《じんこうけいさつ》に止《と》められたらどうするの？」

「わたしたち、でしょ。あなたも行《い》くんだから。心配《しんぱい》ないわ。だれにも止《と》められたりしない」

ジェンはくすっと笑《わら》った。

「パソコンでお役人《やくにん》のスケジュールをチェックしたの。それで、数人《すうにん》の人口警察官《じんこうけいさつかん》は予定外《よていがい》のお休《やす》みがもらえることになっている、とだけ言《い》っておくわ」

「それって、きみがスケジュールを変《か》えたってこと？　そんなことできるの？」

ジェンはいたずらっぽい目《め》をしてうなずいた。

「それができるようになるまでに丸《まる》ひと月《つき》かかったわ。だけどあなたの目《め》の前《まえ》にいるのは今《いま》や熟練《じゅくれん》したハッカー（コンピュータに詳《くわ》しい人《ひと》）よ」

二月《にがつ》や三月《さんがつ》に会《あ》ったときのジェンがリラックスしてうれしそうだった理由《りゆう》に、ルークはなんとなく思《おも》いあたった。デモの計画《けいかく》に集中的《しゅうちゅうてき》に取《と》り組《く》んでいたジェンにとって、ルークと過《す》ごす時間《じかん》は気晴《きば》らしのようなものだったのだ。ジェンの目《め》を間近《まぢか》で見《み》ると疲《つか》れがたまっていた。ニワトリ工場《こうじょう》で、十二時間《じゅうにじかん》ぶっ通《とお》しで働《はたら》いたあとの母《かあ》さんを若《わか》くしたようだった。あるいは、一日中《にちじゅう》、干《ほ》し草《くさ》を刈《か》り取《と》ってやっと仕事《しごと》を終《お》えた父《とう》さんのようでもあった。だけど、ジェンの表情《ひょうじょう》にはふたりにはない何《なに》かがあった。母《かあ》さんや父《とう》さんが、ジェンほど熱《ねっ》にうかされたように有《う》頂天《ちょうてん》になっていることは決《けっ》してない。

「きみのしたことにだれかが気《き》づいたらどうするの？　それでスケジュールをもとに戻《もど》したら？」

ジェンは首《くび》を横《よこ》に振《ふ》った。

「その心配《しんぱい》はないわ。慎重《しんちょう》に選《えら》んでスケジュールを変《か》えてある。全員《ぜんいん》の管轄場所《かんかつばしょ》を調整《ちょうせい》して、必要《ひつよう》のない人口警察官《じんこうけいさつかん》だけをはずしたの。わくわくしない？　やっと自由《じゆう》になれるのよ」

ジェンはかがんで、ソファの下《した》から束《たば》になった紙《かみ》をとりだした。

「ここがいちばんいい隠《かく》し場所《ばしょ》よ。怠《なま》け者《もの》のお手伝《てつだ》いさんはソファの下《した》を掃除《そうじ》したりはしないから。えーと、ほら、あなたを夜《よる》の十時《じゅうじ》に迎《むか》えにいって――」

ルークはジェンが自分《じぶん》ではなく、紙《かみ》を見《み》ていることにほっとした。ジェンと目《め》を合《あ》わすことなどできない。

「わかった、わかった。首都《しゅと》に行《い》くまではだれにも邪魔《じゃま》されないとして、大統領官邸《だいとうりょうかんてい》の前《まえ》に着《つ》いたら、だれかが人口警察《じんこうけいさつ》に通報《つうほう》するんじゃないかな。そうしたら――」

ルークは考《かんが》えただけでもパニックになりそうだった。

ジニンは落《お》ち着《つ》いていた。

「だったらどうだっていうの？　そこまでたどりつけたのなら、人口警察《じんこうけいさつ》に通報《つうほう》されたって、そんなのかまわないわ。わたしが自分《じぶん》から電話《でんわ》したっていいのよ。やつらだって千人《せんにん》もの集団《しゅうだん》には手《て》も足《あし》も出《で》ないはず。わたしたちのほとんどが政府関係者《せいふかんけいしゃ》の子供《こども》だって知《し》ったらなおさら何《なに》もできないわ。わたしたちの話《はなし》をちゃんと聞《き》いてもらわなきゃ。これは革命《かくめい》よ！」

ルークは目《め》をそらした。

「だけど、きみの友達《ともだち》は——きみはみんなが真剣《しんけん》に考《かんが》えていないって怒《おこ》っていたじゃないか。もしみんな来《こ》なかったらどうするの？」

「なんのこと？」

ジェンは険《けわ》しい声《こえ》で言《い》った。

ルークは動揺《どうよう》のあまり、声《こえ》を出《だ》すのもやっとだった。

「チャットルームでみんな冗談《じょうだん》を言《い》ってたじゃないか。カルロスやショーンたちが。それで、真面目《まじめ》に受《う》け取《と》ってくれないって怒《おこ》ってただろ」

「ああ、あのことね。あれは、ずっと前《まえ》の話《はなし》でしょ。今《いま》はみんなそのつもりで、やる気満々《きまんまん》よ。

カルロスなんてわたしの右腕《みぎうで》になって一《いち》から十《じゅう》まで手伝《てつだ》ってくれたのよ。びっくりするくらい働《はたら》いてくれたんだから。じゃあ、いいわね。夜《よる》の十時《じゅうじ》よ。首都《しゅと》までは八時間《はちじかん》かかる。それで――」

ジェンはもう一度《いちど》、紙《かみ》を見《み》た。

「どんなプラカードを掲《かか》げたい？『ぼくにも生《い》きる権利《けんり》がある』とか『人口規制法撤廃《じんこうきせいほうてっぱい》』とか、あとこれは古《ふる》い本《ほん》にのっていたんだけど、『自由《じゆう》を与《あた》えよ、さもなくば死《し》を』なんてのもあるわ」

ルークは、ジェンがあたりまえのように言《い》っていることを頭《あたま》の中《なか》で思《おも》い描《えが》こうとした。車《くるま》に乗《の》るところは想像《そうぞう》できる。納屋《なや》にあるトラックにならなったことがあるからだ。車《くるま》とさほど違《ちが》いはないだろう。それから八時間《はちじかん》、ただ座《すわ》っている。それしかすることはない。それも難《むずか》しいことではないはずだ。ただし、目的地《もくてきち》に着《つ》くまで、パニックになっているだろうが。それから、車《くるま》をおりて大統領官邸《だいとうりょうかんてい》の前《まえ》で人前《ひとまえ》に姿《すがた》をさらす。プラカードを掲《かか》げて。そんなことができるだろうか？　ルークはそれ以上《いじょう》、想像《そうぞう》することができなかった。冷《つめ》たい汗《あせ》がどっと噴《ふ》きだした。

「ジェン、ぼくは――」

「どうしたの？」

ジェンはルークの言葉《ことば》を待《ま》った。ふたりの間《あいだ》の沈黙《ちんもく》が風船《ふうせん》のようにふくらんでいった。ルークはなんとか口《くち》を開《ひら》いた。

「ぼくは行《い》けない」

ジェンはあぜんとしてルークを見《み》た。

「ぼくは行《い》けないよ」

ルークは弱々《よわよわ》しい声《こえ》で、もう一度《いちど》そう言《い》った。

ジェンは頭《あたま》を激《はげ》しく振《ふ》った。

「あなたも行《い》くのよ。怖《こわ》いのはわかる。だれだってそうよ。だけど、これは重要《じゅうよう》なことなの。一生《いっしょう》、隠《かく》れたままでいたいの？　それとも歴史《れきし》を変《か》えたいの？」

ルークはジェンの言葉《ことば》に冗談《じょうだん》で返《かえ》した。

「他《ほか》の選択肢《せんたくし》は？」

ジェンは笑《わら》わなかった。そのかわりソファから飛《と》びあがった。

「他《ほか》の選択肢《せんたくし》、他《ほか》の選択肢《せんたくし》ですって？」

ジェンは部屋《へや》の中《なか》を歩《ある》きまわると、ルークに向《む》き直《なお》った。

「そうよね。臆病者《おくびょうもの》のままでいて、だれかが世界《せかい》を変《か》えてくれるのをただ待《ま》っていることだってできるわね。屋根裏部屋《やねうらべや》にずっと隠《かく》れていて、だれかがドアをノックしてこう言《い》ってくれるのを待《ま》っているんでしょ。『ほら、みんなが自由《じゆう》を勝《か》ちとってくれた。きみも外《そと》にでるかい？』ってね。それがあなたの望《のぞ》みなの？」

ルークは答《こた》えなかった。

「あなたも来《こ》なきゃだめよ、ルーク。でなければ、一生《いっしょう》、自分《じぶん》を憎《にく》むことになる。何年先《なんねんさき》かわからないけど、もう隠《かく》れる必要《ひつよう》がなくなったとき、あなたの中《なか》ではいつもささやき声《ごえ》がするのよ。『ぼくは臆病者《おくびょうもの》だ。ぼくは闘《たたか》わなかった。ぼくはこの自由《じゆう》に値《あたい》する人間《にんげん》ではない』。そして、ルーク、あなたはそのとおりの人間《にんげん》ってことになる。あなたは賢《かしこ》くて、おもしろくて、とてもいい人《ひと》よ。ちゃんとした人生《じんせい》を生《い》きなきゃだめ。あの古《ふる》い家《いえ》に生《い》きたまま埋《う》もれているような人生《じんせい》じゃなくて——」

「たぶん、ぼくはきみほど隠《かく》れているのが苦《く》じゃないんだと思《おも》う」

ルークがつぶやいた。

ジェンはルークをまっすぐ見《み》つめた。その瞳《ひとみ》にはゆるぎない意志《いし》があった。

「それは違《ちが》う。あなたはわたしと同《おな》じくらい隠《かく》れることを憎《にく》んでいる。いいえ、わたし以上《いじょう》に憎《にく》んでいるかも。自分《じぶん》が話《はな》しているのを聞《き》いたことある？　森《もり》で遊《あそ》んだり、畑《はたけ》で手伝《てつだ》いをしていたころの話《はなし》をするあなたは輝《かがや》いていた。生《い》き生《い》きしていた。外《そと》の世界《せかい》を取《と》り戻《もど》したい。それがあなたの唯一《ゆいいつ》の望《のぞ》み。そうでしょ？」

ルークの望《のぞ》みはジェンから逃《に》げることだった。なぜならジェンの言《い》っていることは正《ただ》しかったからだ。すべてジェンの言《い》うとおりだ。でも、だからといって、デモに行《い》くわけにはいかない。ルークはソファに深《ふか》く身《み》を沈《しず》めた。

「ぼくは、きみほど勇敢《ゆうかん》じゃないんだ」

ジェンはルークの肩《かた》をつかむと、その瞳《ひとみ》をのぞきこんだ。

「本当《ほんとう》にそう思《おも》ってるの？　あなたはここに来《き》たじゃない。それに、いつもあなたのほうからわたしに会《あ》いにくる。それはどうしてなの？　もしわたしがあなたより勇敢《ゆうかん》だというなら、なぜわたしのほうから危険《きけん》をおかしてあなたに会《あ》いにいかないのだと思《おも》う？」

それに対《たい》する答《こた》えなら山《やま》ほどあった。ぼくが先《さき》にきみを見《み》つけたから。きみの家《いえ》のほうが安《あん》全《ぜん》だから。きみがぼくを必要《ひつよう》とするより、ぼくのほうがきみを必要《ひつよう》としているから。きみにはパソコンがあってチャットルームの仲間《なかま》がいるから。きみはいろいろな場所《ばしょ》に行《い》けるから。ルークは身《み》をよじってジェンから逃《のが》れた。

「それは、父《とう》さんが家《いえ》のそばをうろうろしているからだよ。きみの家《いえ》のほうが安全《あんぜん》だから。ぼくは――ぼくはただきみを守《まも》ろうとしただけだ」

「それはそれは勇気《ゆうき》のあることで」

ジェンは体《からだ》を引《ひ》いて皮肉《ひにく》っぽくそう言《い》った。

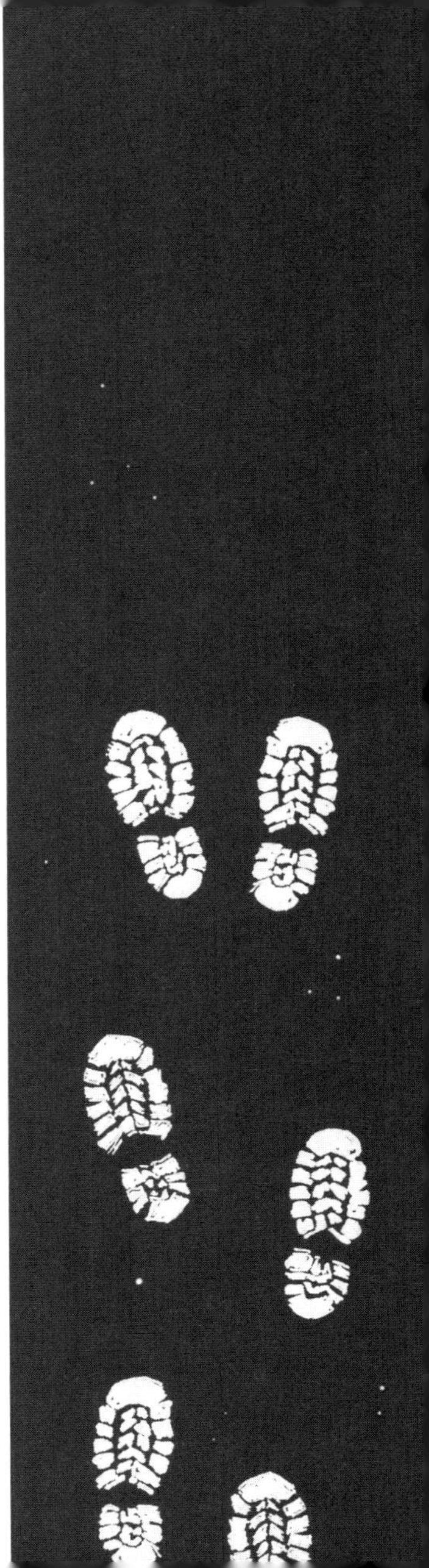

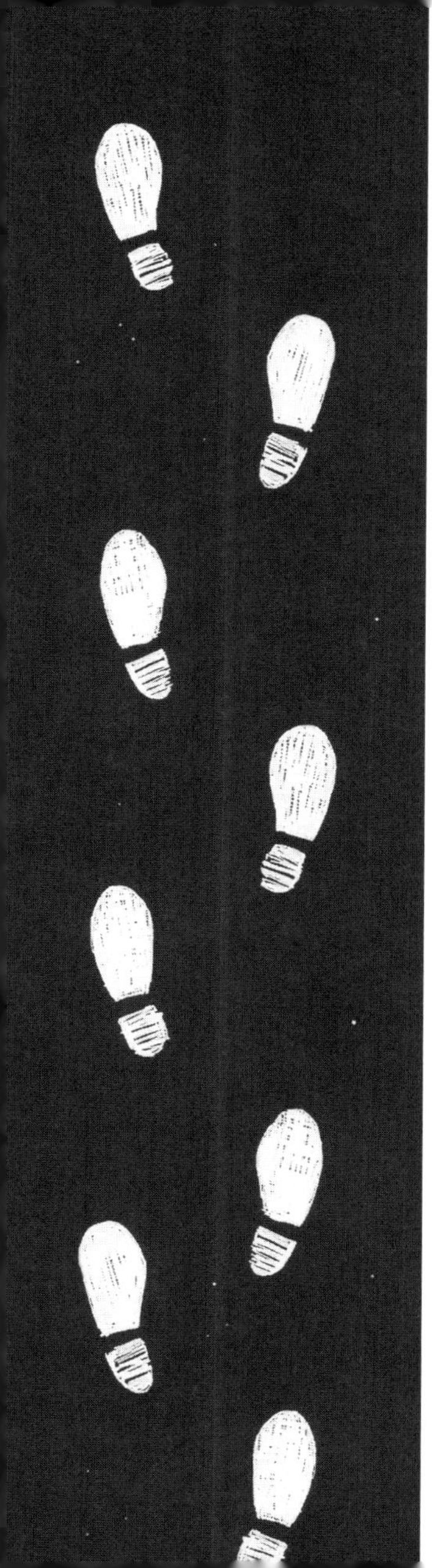

「わたしを守《まも》ってくれる人《ひと》ならたくさんいるわ。そんなに気遣《きづか》ってくれるなら、わたしを自由《じゆう》にするのを手伝《てつだ》ってくれない？　あなたは自分《じぶん》のためにはデモに行《い》かないって言《い》う。なら、わたしのために行《い》ってちょうだい。わたしがあなたにお願《ねが》いするのは、これが最初《さいしょ》で最後《さいご》よ」

ルークは顔《かお》をしかめた。ジェンがそう言《い》うのなら、できない理由《りゆう》などないはずだ。だけど、それでもデモには行《い》けない。

「きみはどうかしてるよ。ぼくは行《い》けない。きみも行《い》っちゃだめだ。危険《きけん》すぎる」

ジェンは心底《しんそこ》うんざりしたような目《め》でルークを見《み》た。

「もう帰《かえ》ってちょうだい」ジェンは冷《つめ》たく言《い》い放《はな》った。

「あなたといても時間《じかん》のむだよ」

ジェンの言葉《ことば》は氷《こおり》のように冷《つめ》たかった。ルークは立《た》ちあがった。

「でも――」

「帰《かえ》って」

ルークはよろよろとドアのほうへ向《む》かった。そして、ブラインドのところまで来《く》ると、振《ふ》り返《かえ》った。

「ジェン、わかってくれないかな。ぼくだってデモがうまくいくことを願《ねが》ってるんだ」

「願《ねが》ってるだけじゃだめなの」

ジェンはぴしゃりと言《い》った。

「大事《だいじ》なのは行動《こうどう》することよ」

ルークはドアから外《そと》に出《で》た。ジェンの家《いえ》のテラスに立《た》ったルークは、太陽《たいよう》の日差《ひざ》しに目《め》を瞬《またた》かせ、新鮮《しんせん》な空気《くうき》と危険《きけん》とを吸《す》いこんだ。そして、家《いえ》に向《む》かって走《はし》りだした。

23
迷《まよ》い

キッチンのドアが大《おお》きな音《おと》をたてても、ルークは気《き》にならなかった。頭《あたま》に血《ち》がのぼって、目《め》がかすんでいた。

〈あなたといても時間《じかん》のむだよ〉

ジェンのあの言《い》い方《かた》ときたら。いったい何様《なにさま》のつもりなんだ？　ルークは階段《かいだん》を踏《ふ》みつけるようにしてあがった。ジェンはいつもルークより自分《じぶん》のほうが勝《まさ》ってると思《おも》っている。バロンだからってだけで。ソーダやポテトチップスやパソコンを見《み》せびらかすが、それがなんだっていうんだ？　親《おや》が金持《かねも》ちだからって、ジェンが特別《とくべつ》なわけではない。自分《じぶん》でお金《かね》をかせいだわけでもなんでもないんだから。ジェンなんてただの頭《あたま》のおかしな女《おんな》の子《こ》じゃないか。ルークはジェンのところへなど、はじめから行《い》かなければよかった、と思《おも》った。自慢《じまん》して見《み》せびらかしてばかりいるジェン。デモのことだって結局《けっきょく》は自慢《じまん》しているんだ。

〈ねえ、見《み》て。わたしは三番目《さんばんめ》の子供《こども》よ。だけど、大統領官邸《だいとうりょうかんてい》に行《い》っても、だれもわたしには手《て》を出《だ》せないの〉

ジェンなんか銃《じゅう》で撃《う》たれてしまえばいいのに。そうすれば思《おも》い知《し》るはずだ。屋根裏部屋《やねうらべや》に続《つづ》く階段《かいだん》のドアを閉《し》めながら、ルークは立《た》ち止《ど》まった。違《ちが》う、そんなのいやだ。ルークは心《こころ》の中《なか》でつぶやいた言葉《ことば》を取《と》り消《け》した。ジェンが銃《じゅう》で撃《う》たれるなんて。膝《ひざ》から力《ちから》が抜《ぬ》け、ルークは階段《かいだん》にへたりこんだ。すべての怒《いか》りが恐怖《きょうふ》へと変《か》わった。ジェンが銃《じゅう》で撃《う》たれたらどうしよう？　ルークはジェンの言《い》っていたプラカードのことを思《おも》い出《だ》した。

『自由《じゆう》を与《あた》えよ、さもなくば死《し》を』

ジェンは本気《ほんき》なのだろうか。まさか死《し》ぬことも考《かんが》えて――？　ルークはそれ以上《いじょう》、考《かんが》えないようにした。ジェンが戻《もど》ってこなかったらどうしよう？　やはり自分《じぶん》も行《い》くべきなのだ。ジェンを守《まも》れるなら。だけど、どうしてもできない――。

ルークは両手《りょうて》で顔《かお》を覆《おお》った。頭《あたま》の中《なか》で渦巻《うずま》いているものから逃《に》げようとした。何時間《なんじかん》もたってから、母《かあ》さんが帰《かえ》ってきた。そして、階段《かいだん》にうずくまったままのルークに気《き》づいた。

「ルーク！　母《かあ》さんが帰《かえ》ってくるのを待《ま》ちきれなかったの？　今日《きょう》は一日《いちにち》どうだった？」

ルークは、まるで知《し》らない人《ひと》がそこにいるかのような目《め》で母《かあ》さんを見《み》た。

「ぼく――」ルークはすべてを打《う》ち明《あ》けてしまいそうだった。

自分《じぶん》ひとりで抱《かか》えこむことなどできそうもない。

母《かあ》さんはルークの額《ひたい》に手《て》をあてた。

「熱《ねつ》があるんじゃないかしら？　顔色《かおいろ》が悪《わる》いわ。一日中《いちにちじゅう》、あなたのことを心配《しんぱい》していたのよ。でも、家《いえ》にいるんだから大丈夫《だいじょうぶ》だって自分《じぶん》に言《い》いきかせていたの」

母《かあ》さんは疲《つか》れたような笑顔《えがお》で、ルークの髪《かみ》の毛《け》をくしゃっとした。

ルークは唾《つば》を飲《の》みこむと、はっと我《われ》に返《かえ》った。何《なに》を考《かんが》えていたのだろう？　ジェンのことはだれにも言《い》ってはいけない。ジェンを裏切《うらぎ》るわけにはいかない。

「大丈夫《だいじょうぶ》。しばらく太陽《たいよう》にあたっていないからだよ。ふてくされて言《い》ってるんじゃないよ」

ルークはあわててそうつけ加《くわ》えた。

そしてまた、屋根裏部屋《やねうらべや》に隠《かく》れる生活《せいかつ》へと戻《もど》った。

24

デモの前夜《ぜんや》

三日間《みっかかん》、ルークは悶々《もんもん》としていた。ジェンを説得《せっとく》して行《い》くのをやめさせようと決心《けっしん》することもあれば、自分《じぶん》も一緒《いっしょ》に行《い》こうと考《かんが》え直《なお》すこともあった。ジェンにまた腹《はら》が立《た》ってきて、こっそり家《いえ》に忍《しの》びこんで謝《あやま》らせようかと思《おも》うこともあった。

いずれにせよ、ジェンに会《あ》わなければ何《なに》も始《はじ》まらないのだが、それができなかった。毎日《まいにち》うっとうしい雨《あめ》が降《ふ》り続《つづ》いていたからだ。通気口《つうきこう》から雨降《あめふ》りの外《そと》の景色《けしき》を見《み》ていると、ルークはもっと気《き》がめいった。一階《いっかい》で、父《とう》さんが家《いえ》の中《なか》を歩《ある》きまわる音《おと》がする。雨《あめ》が一粒《ひとつぶ》降《ふ》るたび、貴《き》重《ちょう》な時間《じかん》や畑《はたけ》の土《つち》が失《うしな》われてしまうことに、ときどき、ぶつぶつ不満《ふまん》をもらしていた。ルークは囚人《しゅうじん》になったような気分《きぶん》だった。

木曜日《もくようび》の夜《よる》になった。ルークはベッドに入《はい》ったが、当然《とうぜん》、眠《ねむ》れなかった。ジェンと仲間《なかま》たちが車《くるま》に乗《の》って、ルークから遠《とお》ざかっていき、じりじりと危険《きけん》へと近《ちか》づいていくところを想像《そうぞう》した。だけど、いつの間《ま》にか、うとうとしていたようだ。目《め》を開《あ》けたとき、あたりは真《ま》っ暗《くら》だった。心臓《しんぞう》が高鳴《たかな》り、汗《あせ》をかいていた。夢《ゆめ》でも見《み》ていたのだろうか？　何《なに》か物音《ものおと》でも聞《き》いたのだろうか？　床《ゆか》のきしむ音《おと》。ルークは耳《みみ》をそばだてた。だれかの息《いき》づかい？　それとも恐怖《きょうふ》にかられた自分《じぶん》の息《いき》づかいだろうか？　懐中電灯《かいちゅうでんとう》の光《ひかり》がルークの顔《かお》をかすめた。

「ルーク？」

ささやき声《ごえ》がした。

ルークはベッドから起《お》きあがった。

「ジェン？　ジェンなの？」

ジェンは懐中電灯《かいちゅうでんとう》を消《け》した。

「そうよ。階段《かいだん》をのぼるのにひと苦労《くろう》したわ。こんなに狭《せま》いってどうして前《まえ》もって教《おし》えてくれなかったの？」

ジェンはいつものジェンのようだった。怒《おこ》ってもいないし、我《われ》を忘《わす》れてもいない。

「きみがうちの階段《かいだん》をのぼってくるなんて思《おも》ってもみなかったよ」

真夜中《まよなか》にルークの部屋《へや》で、階段《かいだん》の話《はなし》をしているなんてどうかしている。母《かあ》さんは眠《ねむ》りが浅《あさ》く、ひとことでもしゃべったら気《き》づかれてしまうかもしれないというのに。だけど、ルークは肝心《かんじん》な話《はなし》をしていないことに、ジェンがここに来《き》た本当《ほんとう》の理由《りゆう》を話《はな》さないでいることに、ほっとしていた。

「あなたのご両親《りょうしん》はドアに鍵《かぎ》をかけないのね」

ジェンも話《はなし》をそらしているようだった。

「政府《せいふ》がペットを禁止《きんし》してくれてよかったわ。農家《のうか》には番犬《ばんけん》がつきものでしょ？　がぶりって人間《にんげん》の頭《あたま》を食《く》いちぎるばかでかいやつが」

ルークは肩《かた》をすくめたが、真《ま》っ暗《くら》でお互《たが》いに相手《あいて》が見《み》えないことに気《き》づいた。

「ジェン、ぼくは――」

ルークは何《なに》を言《い》うつもりなのかわからないまま話《はな》し始《はじ》めた。

「ぼくはやっぱり行《い》けない。ごめんよ。ぼくの両親《りょうしん》は農業《のうぎょう》をやっていて、弁護士《べんごし》ではないんだ。それにバロンでもない。歴史《れきし》を変《か》えるのはきみたちのような人《ひと》であって、ぼくのような人間《にんげん》は――ぼくたちのような人間《にんげん》はただ流《なが》れに身《み》をまかせるしかないんだ」

「違《ちが》う。そうじゃない。あなたにだってできる――」

頭《あたま》を振《ふ》っているジェンを、ルークは心《こころ》の目《め》で見《み》ていた。暗闇《くらやみ》でも、切《き》りそろえた髪《かみ》の毛《け》が揺《ゆ》れて、もとに戻《もど》るところがわかった。

「ごめんなさい。あなたにつべこべ言《い》うためにここに来《き》たんじゃないのに。これは危険《きけん》なことよ。だから、無理強《むりじ》いするべきことではなかったの。それなのに、この前《まえ》は、あなたにきつくあたりすぎてしまって。わたしはただこう言《い》いにきただけ――あなたは最高《さいこう》の友達《ともだち》だった。あなたがいないとさみしいわ」

「だけど、戻《もど》ってくるんでしょ？」

ルークは言《い》った。

「明日《あした》か、明後日《あさって》か、とにかくデモが終《お》わってから戻《もど》ってくるんでしょ？　そうしたら、きみに会《あ》いにいくよ。デモが成功《せいこう》したら、今度《こんど》はちゃんと玄関《げんかん》からきみに会《あ》いにいくから」

「そうなることを願《ねが》ってるわ」

ジェンは穏《おだ》やかな声《こえ》でそう言《い》った。そして、その声《こえ》は徐々《じょじょ》に消《き》えつつあった。

「さようなら、ルーク」

25 デモのゆくえ

ルークはその夜《よる》、一睡《いっすい》もできなかった。日《ひ》の出《で》とともに起《お》きると、ジェンが階段《かいだん》につけた泥《どろ》をこっそり落《お》とした。ジェンは泥《どろ》のことなど気《き》づいてもいないだろう。ジェンがデモのことに集中《しゅうちゅう》できますように、とルークは思《おも》った。

キッチンの床《ゆか》をちょうど拭《ふ》き終《お》えたとき、二階《にかい》でトイレの水《みず》を流《なが》す音《おと》がした。泥《どろ》のついた雑《ぞう》巾《きん》をゴミ箱《ばこ》に隠《かく》し、階段《かいだん》のいつもの場所《ばしょ》に戻《もど》ると、ちょうど母《かあ》さんがおりてきたところだった。

「ずいぶん早起《はやお》きね。夜中《よなか》まで起《お》きていたの？　何《なに》か聞《き》こえたような気《き》がしたけど」

母《かあ》さんはあくびをしながらそう言《い》った。

「なかなか寝《ね》つけなくて」

ルークは本当《ほんとう》のことを言《い》った。

母《かあ》さんはまたあくびをした。

「それなのに、早起《はやお》きなんかして……大丈夫《だいじょうぶ》？」

「おなかがすいているだけだよ」

けれど、ルークは朝食《ちょうしょく》をほとんど食《た》べなかった。食《た》べ物《もの》を飲《の》みこもうとしてもすべて喉《のど》に詰《つ》まってしまうようだった。

家族全員《かぞくぜんいん》が出《で》かけると、ルークはそっとラジオに忍《しの》び寄《よ》り、スイッチを入《い》れ、音《おと》をしぼった。天気予報《てんきよほう》と大豆《だいず》のコマーシャル、そして次《つぎ》から次《つぎ》へと流《なが》れる音楽《おんがく》。

「早《はや》く、早《はや》く」

窓《まど》の外《そと》に目《め》をやり父《とう》さんが帰《かえ》ってくるのを警戒《けいかい》しながら、ルークはそうつぶやいた。

ついに、ラジオがニュースを流《なが》し始《はじ》めた。どこかの家畜《かちく》の牛《うし》が逃《に》げだして、ちょっとした交《こう》通事故《つうじこ》を起《お》こしたが、怪我人《けがにん》はいなかったこと。多雨《たう》によって種《たね》まきに影響《えいきょう》が出《で》るという政府《せいふ》の予測《よそく》。

デモについては何《なに》もない。

父《とう》さんが戻《もど》ってくる姿《すがた》が見《み》えた。ルークはラジオを消《け》すと階段《かいだん》へと急《いそ》いだ。

昼食《ちゅうしょく》のとき、父《とう》さんがラジオをつけ忘《わす》れたので、ルークはつけてほしいと頼《たの》んだ。アナウンサーがコマーシャルのあとに重大発表《じゅうだいはっぴょう》があると言《い》ったとき、サンドイッチを食《た》べ終《お》えた父《とう》さんがラジオを消《け》そうとした。

「ちょっと待《ま》って！　次《つぎ》のニュースはおもしろいかも――」

父《とう》さんは不満《ふまん》そうにしたが消《け》さないでくれた。

ニュースに戻《もど》ると、アナウンサーはせきばらいをして発表《はっぴょう》した。政府《せいふ》の新《あたら》しい統計《とうけい》によると、昨年《さくねん》のアルファアルファの収穫量《しゅうかくりょう》がここ十年間《じゅうねんかん》でいちばん多《おお》かった、と。

こんな毎日《まいにち》が続《つづ》いた。ルークはデモについてのニュースを今《いま》か今《いま》かと待《ま》っていた。けれど、ラジオをつけてもデモについては何《なに》も流《なが》れてこない。

父《とう》さんが少《すこ》しでも家《いえ》をあけると、ルークは裏口《うらぐち》の明《あ》かりをつけた。最初《さいしょ》に決《き》めたジェンへの合図《あいず》だ。ルークはジェンから返事《へんじ》が返《かえ》ってくるのを待《ま》った。目《め》が見《み》えなくなってしまうのではないかというくらい一心《いっしん》に見《み》つめていた。でも結局《けっきょく》、明《あ》かりはつかなかった。

ルークは最初《さいしょ》にジェンを見《み》つけたときのように、四六時中《しろくじちゅう》、タルボット家《け》を観察《かんさつ》した。ジェンの影《かげ》はまったくない。家族《かぞく》がいつものように行《い》ったり来《き》たりするだけだ。家族《かぞく》は悲《かな》しそうだろうか？　うれしそうだろうか？　それとも、心配《しんぱい》そうだろうか？　ほっとしていそうだろうか？　遠目《とおめ》からではなんとも言《い》えなかった。

　あまりにも切羽詰《せっぱつ》まっていたルークは、母《かあ》さんにこう言《い》った。新《あたら》しいご近所《きんじょ》さんのところに挨拶《あいさつ》に行《い》ってはどうか、と。母《かあ》さんはルークの頭《あたま》がどうかしたのではないかというような目《め》をした。

「ご近所《きんじょ》さんがここに越《こ》してきてから何《なん》か月《げつ》もたつのよ。今《いま》さら挨拶《あいさつ》もないでしょ。それに、相手《あいて》はあのバロンよ」

　母《かあ》さんはいやみったらしく言《い》って笑《わら》った。

「私《わたし》たちみたいな人間《にんげん》とはつきあいたくないんじゃないかしら」

　それに、たとえ挨拶《あいさつ》に行《い》ったとしても、何《なに》ができるというのだろう。

「はじめまして。では、あなたの隠《かく》している子供《こども》について、すべて教《おし》えてくれますか」

　そんなこと言《い》えるわけがない。

　一週間後《いっしゅうかんご》、ルークは本当《ほんとう》に頭《あたま》がどうかなりそうだった。家族《かぞく》に話《はな》しかけられるたびに飛《と》びあがった。母《かあ》さんが「大丈夫《だいじょうぶ》？」としょっちゅう聞《き》くので、ルークは母《かあ》さんを避《さ》けるようになった。それでも、ただ屋根裏部屋《やねうらべや》に座《すわ》って待《ま》ち続《つづ》けているわけにはいかない。ルークはそわそわして、部屋《へや》の中《なか》を歩《ある》きまわり、爪《つめ》をかんだ。

そして、ルークはあることを決心《けっしん》した。

26 侵入《しんにゅう》

　とうとう、デモから十日《とおか》が過《す》ぎた。その日《ひ》はすがすがしい天気《てんき》になった。父《とう》さんは一日中《いちにちじゅう》、畑《はたけ》に出《で》ているだろう。むだだと思《おも》いつつも、ルークは裏口《うらぐち》の明《あ》かりをつけた。五分間《ごふんかん》、なんの反応《はんのう》もないことを確《たし》かめると、明《あ》かりを消《け》して、こっそりと裏口《うらぐち》を出《で》た。

　ルークはひんやりした外《そと》の空気《くうき》に驚《おどろ》いた。そして、ほんの一瞬《いっしゅん》、ためらった。これからやろうとしていることは今《いま》までよりも危険《きけん》だ。

「だけど、確《たし》かめなくちゃ」

　ルークは必死《ひっし》だった。納屋《なや》の周《まわ》りを這《は》って進《すす》み、それから、ジェンの家《いえ》まで全速力《ぜんそくりょく》で走《はし》った。

　ルークは網戸《あみど》を破《やぶ》り、タルボット家《け》の窓《まど》を一枚《いちまい》、割《わ》った。後《うし》ろめたい気持《きも》ちがしたものの、窓《まど》を割《わ》ったことはあとでどうにでもなる。ジェンが中《なか》にいるのなら、言《い》いわけを考《かんが》えてくれるはずだ。もし、ジェンがいなかったら……二度《にど》とタルボット家《け》には近《ちか》づかないだろう。

家《いえ》の中《なか》に入《はい》ると、今度《こんど》はセキュリティ・システムをすぐに止《と》めなければならなかった。ジェンが一度《いちど》、やり方《かた》を説明《せつめい》してくれたことがある。アラームを解除《かいじょ》するためにはボタンを正《ただ》しく押《お》せばいい。ルークは玄関《げんかん》のクローゼットに走《はし》っていき、扉《とびら》を開《あ》け、すばやくボタンを押《お》した。ほんの少《すこ》しでもためらっていたらボタンを押《お》す順番《じゅんばん》を忘《わす》れてしまうのではないかと不安《ふあん》だった。緑《みどり》、青《あお》、黄《き》、緑《みどり》、青《あお》、オレンジ、赤《あか》。最後《さいご》のボタンを押《お》す前《まえ》にライトが消《き》えた。ルークはあわてた。これでよかったのだろうか？

「早《はや》く、早《はや》く」

ルークは急《いそ》いだ。その言葉《ことば》が頭《あたま》の中《なか》を駆《か》けめぐった。

「ジェン？」

ルークはジェンを呼《よ》んだ。

「ジェン、いるの？」

ルークは階段《かいだん》をあがったりおりたりして、すべての部屋《へや》をのぞいた。

「ジェン？　隠《かく》れなくていいんだよ。ぼくだよ。ルークだよ」

ジェンの家《いえ》はだだっ広《ぴろ》く、地上三階建《ちじょうさんかいだ》てで地下室《ちかしつ》もある。すべての部屋《へや》を探《さが》すことはできないが、もしジェンがいるのなら、隠《かく》れる理由《りゆう》などないはずだ。それでもルークはジェンがいるのではないかと期待《きたい》した。

「ねえ、ジェン、出《で》てきてよ。からかわないで」

寝室《しんしつ》がいくつかあった——広々《ひろびろ》とした優雅《ゆうが》な部屋《へや》には、美《うつく》しい彫刻《ちょうこく》の彫《ほ》られたベッドに大《おお》きな鏡張《かがみば》りのクローゼット。ルークにはどれがジェンの寝室《しんしつ》なのかもわからなかった。

とうとうルークはあきらめ、パソコンのある部屋《へや》に駆《か》けこんだ。

そして、キーボードの前《まえ》に座《すわ》ると、ジェンが幾度《いくど》となく入力《にゅうりょく》した文字《もじ》を打《う》ちこもうとした。だけど、指《ゆび》がからまってうまく打《う》てない。やっとのことでチャットルームまでたどりつき、パスワードを入《い》れる。

〔じゆゆ〕

違《ちが》う。

〔じうゆ〕

違《ちが》う。

〔じゆう——自由《じゆう》〕

ようやく、正《ただ》しく入力《にゅうりょく》することができた。

けれども、画面《がめん》は変《か》わらない。ジェンがいつもやるときのように、画面《がめん》に魔法《まほう》のごとく仲間《なかま》との気《き》さくなやりとりが出《で》てこない。何《なに》か間違《まちが》った操作《そうさ》をしたのだろうか？　ルークはパニックになって、いったんチャットルームを退出《たいしゅつ》し、もう一度《いちど》、入室《にゅうしつ》した。両手《りょうて》が震《ふる》えていた。やはり同《おな》じだ。恐《おそ》る恐《おそ》る、右手《みぎて》の人《ひと》さし指《ゆび》だけで、〔ジェンはどこ？〕と打《う》つ。左手《ひだりて》で右手《みぎて》を抑《おさ》えながら指《ゆび》がぶれないようにして、なんとかエンターキーを押《お》す。ルークの打《う》った言葉《ことば》はすぐに消《き》えて、画面《がめん》のいちばん上《うえ》に出《で》た。ルークはそのまま待《ま》った。返事《へんじ》はない。質問《しつもん》の下《した》は空白《くうはく》のままだ。

何《なに》もしないよりはましだろうと、ルークはもう一度《いちど》、キーボードを打《う》った。

やあ。だれかいる？

やはり返事《へんじ》はない。ルークは握《にぎ》った拳《こぶし》を机《つくえ》にたたきつけた。あまり力《ちから》をこめたせいで手《て》が痛《いた》んだ。

「どうなってるんだ！」

ルークは叫《さけ》んだ。

「だれか教《おし》えてくれ！　このままじゃ家《いえ》に帰《かえ》れない」

ドアの開《ひら》く音《おと》がしたが、振《ふ》り向《む》くには遅《おそ》すぎた。突然《とつぜん》、ルークの背後《はいご》で声《こえ》がした。

「ゆっくりこっちを向《む》くんだ。銃《じゅう》をもっているぞ。おまえはいったいだれだ？　なぜここにいる？」

27 ジェンの父親《ちちおや》

ルークは逃《に》げだしたくなる気持《きも》ちを抑《おさ》え、できるだけゆっくりと振《ふ》り返《かえ》った。政府《せいふ》の役人《やくにん》は例外《れいがい》だが、銃《じゅう》をもつことはルークの生《う》まれるずっと前《まえ》から禁止《きんし》されていた。でも、ルークには自分《じぶん》に向《む》けられているのが本物《ほんもの》の銃《じゅう》だということがわかった。本《ほん》にのっているのを見《み》たことがあったし、父《とう》さんが教《おし》えてくれたからだ。父《とう》さんは、狩《か》りで使《つか》うライフルやショットガンについてよく話《はなし》をしてくれた。シカやオオカミをしとめるための大《おお》きな銃《じゅう》だ。が、目《め》の前《まえ》の銃《じゅう》はもっと小《ちい》さかった。つまり人間《にんげん》を殺《ころ》すためのものだ。

そんなことが一瞬《いっしゅん》、頭《あたま》をよぎったあとで、ルークは銃《じゅう》をかまえている男《おとこ》を見《み》た。背《せ》が高《たか》く、でっぷりと太《ふと》っていて、高価《こうか》な服《ふく》の上《うえ》からでもその肉《にく》づきのよさがわかった。ルークはその男《おとこ》を遠《とお》くから見《み》たことがあった。

「ジェンのお父《とう》さんですね」

ルークは言《い》った。

「そんなことは聞《き》いていない」

男《おとこ》はそう言《い》い放《はな》った。

「おまえはだれなんだ？」

ルークはゆっくりと息《いき》を吐《は》いた。

「ジェンの友達《ともだち》です」

ルークは言葉《ことば》を選《えら》びながら答《こた》えた。

じっと相手《あいて》を見《み》つめていたルークには、男《おとこ》がほんの少《すこ》しだけ銃《じゅう》をさげるのがわかった。

「お願《ねが》いです。ジェンがどこにいるのかを知《し》りたいんです」

今度《こんど》ははっきりと、男《おとこ》は銃《じゅう》をもっている手《て》をゆるめた。そして、ルークの後《うし》ろにまわってパソコンの電源《でんげん》を切《き》った。

「ジェンが言《い》っていました。いきなりパソコンの電源《でんげん》を切《き》っちゃいけないって」

「なぜジェンを知《し》っているんだ？」

男《おとこ》は目《め》を細《ほそ》くしてそう聞《き》いた。

ルークは目《め》をしばたかせた。男《おとこ》は駆《か》け引《ひ》きをしている。ジェンのことを教《おし》えるかわりにルークから何《なに》かを聞《き》きだそうとしているのだ。だけど、何《なに》を？

「ぼくも三番目《さんばんめ》の子供《こども》なんです」

ルークはとうとうそう言《い》った。男《おとこ》の表情《ひょうじょう》は変《か》わらなかったが、その目《め》にはかすかな好奇心《こうきしん》が見《み》てとれた。

「ぼくはこの近所《きんじょ》に住《す》んでいます。ジェンの存在《そんざい》を知《し》って、チャンスをみてはここに来《き》ていました」

「どうしてジェンがここにいるってわかったんだ？」

「見《み》たんです――」

ルークはジェンがあとで困《こま》ったことにならなければいいのだが、と心配《しんぱい》しながらこう言《い》った。

「みんないないはずの部屋《へや》に明《あ》かりがついていました。だから、もしかしたらって。ぼく――ぼく、自分《じぶん》と同《おな》じシャドウ・チルドレンにすごく会《あ》いたかったんです」

「やはりジェンが不注意《ふちゅうい》だったたってことか」

男《おとこ》は声《こえ》を荒《あら》らげてそう言《い》ったが、ルークにはなぜそういう言《い》い方《かた》をするのかがわからなかった。

「違《ちが》います」

ルークは自信《じしん》のない声《こえ》で言《い》った。

「ぼくがずっと見《み》ていたから気《き》づいただけです」

男《おとこ》はルークの答《こた》えにうなずいた。そして、パソコンの前《まえ》の椅子《いす》に腰《こし》をかけ、銃《じゅう》を膝《ひざ》に置《お》いた。

このまま会話《かいわ》が続《つづ》けば、ジェンについて何《なに》か情報《じょうほう》を得《え》られるかもしれない。

「セキュリティ・システムの解除方法《かいじょほうほう》はジェンから教《おそ》わったのか？」

ルークはうそをついても仕方《しかた》がないと思《おも》った。

「そうです。でも、やり方《かた》を間違《まちが》えたようです。あなたが来《き》たってことは――」

「そうじゃない。もし間違《まちが》えたのなら、今《いま》ごろ、警備員《けいびいん》が来《き》ていただろう。留守《るす》にしている間《あいだ》、システムが解除《かいじょ》されたら私《わたし》に知《し》らせがくるようセットしてあるんだ。現状《げんじょう》を考《かんが》えると、私《わたし》が自《じ》分《ぶん》で調《しら》べられるようにしたほうがいいからね」

『現状《げんじょう》』とはなんのことなのかをルークは聞《き》きたかった。が、男《おとこ》は次《つぎ》の質問《しつもん》をした。

「きみはジェンと一緒《いっしょ》に何《なに》をしていたんだ？」

なぜこの人《ひと》は責《せ》めるような言《い》い方《かた》をするのだろうか、とルークは疑問《ぎもん》に思《おも》った。

「別《べつ》に。たくさんおしゃべりをして、ジェンがパソコンを見《み》せてくれただけです。ジェンはぼくにもデモに参加《さんか》してほしいと言《い》ったけど、ぼくは怖《こわ》くてできなかった」

今《いま》さらだが、男《おとこ》はデモについて知《し》っているのだろうか？　ジェンの信用《しんよう》を裏切《うらぎ》ったことになるだろうか？　でも、男《おとこ》は少《すこ》しも驚《おどろ》いていなかった。ルークと男《おとこ》はお互《たが》いをじっと見《み》つめた。

「どうしてジェンを止《と》めなかった？」

「ジェンを止《と》める？　それは太陽《たいよう》がのぼるのを止《と》めるようなものです」

男《おとこ》はかすかに笑《わら》ったが、まったくうれしそうではなかった。

「そうだったな」

「それで、ジェンはどこにいるんです？」

男《おとこ》は目《め》をそらした。

「ジェンは――」

その声《こえ》はかすれていた。

「ジェンはもうここにはいない」

「ジェンはどこに――？」

「ジェンは死《し》んだ」

男《おとこ》は吐《は》き捨《す》てるようにそう言《い》った。

知《し》りたくなかったが、ルークにはなんとなくわかっていた。それでも、ルークはショックのあまり、後《うし》ろによろめき、ぶつかったソファにがっくりと倒《たお》れこんだ。

「うそだ」

ルークは言《い》った。

「うそだ。ジェンは死《し》んでなんかいない」

ルークには周《まわ》りの音《おと》が聞《き》こえなくなった。そして、ばかげたことを考《かんが》えた。

〈これは夢《ゆめ》だ。悪夢《あくむ》だ。今《いま》すぐ起《お》きるんだ〉

ルークは身《み》ぶり手《て》ぶりでまくしたてるジェンを思《おも》い出《だ》した。あのジェンが死《し》んだりするはずがない。うそに決《き》まっている。ルークは倒《たお》れて動《うご》かなくなったジェンを想像《そうぞう》しようとした。ジェンが死《し》んだ。だけど、そんなジェンを想像《そうぞう》することなどできなかった。

男《おとこ》は力《ちから》なく首《くび》を振《ふ》った。

「ジェンを取《と》り戻《もど》すためならなんだってする。だが、本当《ほんとう》だ。この目《め》で見《み》たんだ。やつらがジェンを……ジェンの亡骸《なきがら》を見《み》せてくれた。政府《せいふ》の役人《やくにん》の特権《とっけん》だよ」

ルークは悲痛《ひつう》な男《おとこ》の声《こえ》をなんとか聞《き》きとった。

「ジェンを家族《かぞく》の墓《はか》にすら入《い》れてやれない。ジェンを弔《とむら》うために休《やす》みをとることもできなければ、泣《な》きはらした赤《あか》い目《め》で、心《こころ》の痛《いた》みをだれかにぶつけるわけにもいかない。そう——いつものように四人家族《よにんかぞく》のふりをしなければならないんだ」

「どうして？　どうしてジェンは……死《し》んだのですか？」

もしジェンが交通事故《こうつうじこ》にあったのなら、まだ納得《なっとく》できるかもしれない。あるいは、デモとは関係《かんけい》のないこと、たとえば重《おも》い病気《びょうき》にかかったのなら。

「銃《じゅう》で撃《う》たれたんだ」

ジェンの父親《ちちおや》が言《い》った。

「全員《ぜんいん》、銃《じゅう》で撃《う》たれたんだ。四十人《よんじゅうにん》の子供《こども》たちがデモに集《あつ》まって、大統領官邸《だいとうりょうかんてい》の前《まえ》で全員《ぜんいん》、銃《じゅう》で撃《う》たれて死《し》んだ。その血《ち》がバラ園《えん》のところまで流《なが》れたそうだ。だが、やつらは観光客《かんこうきゃく》が来《く》る前《まえ》に歩道《ほどう》をすっかりきれいにした。だから、このことはだれにも知《し》られていない」

ルークは首《くび》を横《よこ》に振《ふ》り続《つづ》けた。

「だけど、デモにはたくさん人《ひと》が集《あつ》まるから、銃《じゅう》で撃《う》ったりはできないって。千人《せんにん》も集《あつ》まるんだってジェンは言《い》っていたのに」

ルークはそう言《い》い返《かえ》した。ジェンが言《い》ったことを口《くち》にすれば、今《いま》、聞《き》いている事実《じじつ》が変《か》わるとでもいうように。

「ジェンは仲間《なかま》の勇気《ゆうき》を信《しん》じこんでいたんだ」

ルークは思《おも》わずあとずさりした。

「ぼくは行《い》けないって言《い》ったんだ。ジェンにちゃんと言《い》ったんだ！　ぼくのせいじゃない！」

「そうだ。それにだれもジェンを止《と》めることなどできなかった。だからきみのせいじゃない。責任《せきにん》は他《ほか》のやつらにある。やつらは千人《せんにん》だろうと、一万五千人《いちまんごせんにん》だろうと撃《う》ち殺《ころ》していたさ。人数《にんずう》は関係《かんけい》ない」

ジェンの父親《ちちおや》は顔《かお》をゆがめた。ルークはこれほど苦痛《くつう》に満《み》ちた顔《かお》を見《み》たことがなかった。マシューが足《あし》に大《おお》きな金《かな》づちを落《お》としたときだって、これほどつらそうではなかった。父親《ちちおや》の頬《ほお》に涙《なみだ》がつたい始《はじ》めた。

「私《わたし》が理解《りかい》できないのは――ジェンがどうして、こんな少年十字軍《しょうねんじゅうじぐん》のようなことをしたかってことだ。ジェンは賢《かしこ》い子《こ》だった。ずっと人口警察《じんこうけいさつ》には注意《ちゅうい》するようにと言《い》いきかせてきたのに。デモがうまくいくなどと本気《ほんき》で信《しん》じていたのだろうか？」

「信《しん》じていました」

ルークはそう断言《だんげん》したが、そのとき、ふとジェンの最後《さいご》の言葉《ことば》を思《おも》い出《だ》した。

『そうなることを願《ねが》ってるわ』

願《ねが》っているだけでは意味《いみ》がない、とルークにくってかかってきたにもかかわらず、ジェンはそう言《い》ったではないか。ジェンにはデモが失敗《しっぱい》することがわかっていたのかもしれない。それに自分《じぶん》が死《し》ぬことも。はじめてジェンに会《あ》った日《ひ》、絨毯《じゅうたん》についたルークの血《ち》をごまかすために、ジェンは自分《じぶん》の手《て》をわざと切《き》った。ジェンには他《ほか》の人《ひと》とは違《ちが》う何《なに》かがあった。ルークにはまったく理解《りかい》できない何《なに》かが。その何《なに》かが自分以外《じぶんいがい》の人《ひと》を助《たす》けるために、助《たす》けようとするために、自《みずか》らの命《いのち》を犠牲《ぎせい》にさせたのだろうか。

「最初《さいしょ》はデモがうまくいくって信《しん》じていたんだと思《おも》います。でも、それからそうじゃないかもって……それでも、やらないわけにはいかなかった。自分《じぶん》を止《と》めることができなかったんだと思《おも》います」

「どうして？」

父親《ちちおや》は泣《な》きながら聞《き》いた。

「ジェンは死《し》にたがっていたとでも？」

「違《ちが》います」

ルークは言《い》った。

「ジェンは生《い》きたかったんです。死《し》ぬのでもなく、隠《かく》れるのでもなく、生《い》きたかったんです」

その言葉《ことば》が、何度《なんど》も何度《なんど》もルークの頭《あたま》の中《なか》を駆《か》けめぐった。

〈隠《かく》れることではなく、生《い》きること。隠《かく》れることではなく、生《い》きること〉

その言葉《ことば》をしっかりとつかんでいるかぎり、ジェンはすぐそこにいるような気《き》がした。ポテトチップスをとりにちょっと部屋《へや》を出《で》ていっただけで、すぐに戻《もど》ってきて、隠《かく》れる人生《じんせい》よりももっといい人生《じんせい》があるのだということを、ルークにまた説教《せっきょう》するはずだ。ルークは耳《みみ》に響《ひび》いているのがジェンの声《こえ》だと信《しん》じることができた。

でも、もし頭《あたま》の中《なか》のその言葉《ことば》をちょっとでも止《と》めたら、ルークは途方《とほう》に暮《く》れてしまう。現実《げんじつ》

の世界《せかい》が自分《じぶん》から遠《とお》ざかり、ルークはひとりぼっちになったように感《かん》じた。ルークは叫《さけ》びそうになった。

〈ジェン、戻《もど》ってきて！〉

そう言《い》えば、ルークの声《こえ》を聞《き》いたジェンが、現実《げんじつ》と一緒《いっしょ》に戻《もど》ってきてくれるとでもいうように。

ずっと遠《とお》くのほうから、ジェンの父親《ちちおや》のため息《いき》と鼻《はな》をかむ音《おと》が聞《き》こえた。

「こんなことを聞《き》く気分《きぶん》じゃないかもしれないが――」

めまいを覚《おぼ》えながら、ルークは顔《かお》をあげ、ぼんやりと聞《き》いた。

「きみがチャットルームに入《はい》ったとき、人口警察《じんこうけいさつ》の本部《ほんぶ》でブザーが鳴《な》ったはずだ。やつらはあのチャットルームを監視《かんし》している――デモのあとで見《み》つけたんだ。ジェンのことはなんとか隠《かく》しとおせたが、きみが送《おく》ったメッセージをたどって、このパソコンが追跡《ついせき》されることになるだろう。今《いま》、人口警察《じんこうけいさつ》はデモの手《て》がかりを追《お》うのに忙《いそが》しいから、もっともらしい言《い》いわけを考《かんが》えるのに一日《いちにち》か二日《ふつか》の猶予《ゆうよ》はある。だが、やつらが念入《ねんい》りに調《しら》べたら、きみは危険《きけん》になるかもしれない」

「今《いま》の状況《じょうきょう》より危険《きけん》になるってことですか？」

ルークは皮肉《ひにく》っぽく聞《き》いた。

父親《ちちおや》はその質問《しつもん》に真面目《まじめ》に答《こた》えた。

「そうだ。きみが存在《そんざい》していることを知《し》ったからにはなんとしてでも見《み》つけだそうとするはずだ。このあたりの家《いえ》をしらみつぶしに調《しら》べるだろう。きみが見《み》つかるのも時間《じかん》の問題《もんだい》だ」

恐怖《きょうふ》がルークの背中《せなか》をつたった。つまり、ルークもジェンのように死《し》んでしまうということだ。いや、ジェンとは違《ちが》う。ジェンは勇敢《ゆうかん》な最期《さいご》を遂《と》げたが、ルークは穴《あな》に落《お》ちたネズミのようにつかまって死《し》ぬのだ。

「だが、きみさえよければ」

父親《ちちおや》は話《はなし》を続《つづ》けた。

「偽造《ぎぞう》ＩＤ《アイディー》カードを手《て》に入《い》れてやることができる。やつらが来《く》る前《まえ》に、ずっと遠《とお》くまで逃《に》げられる」

「ぼくのために？　どうしてですか？」

「ジェンのためだ」

「だけど――どうやって手《て》に入《い》れるのですか？」

「私《わたし》にはつてがある。きみも知《し》っているだろうが」

父親《ちちおや》はそこで一瞬《いっしゅん》、言葉《ことば》に詰《つ》まった。

「私《わたし》は人口警察《じんこうけいさつ》で働《はたら》いているんだ」

28 真実《しんじつ》とうそ

ルークは叫《さけ》び始《はじ》めた。

叫《さけ》ぶのをやめようとしてもやめられなかった。

突然《とつぜん》、脳《のう》がいくら指令《しれい》をだしても、体《からだ》が言《い》うことをきかなくなり、勝手《かって》に動《うご》いてしまうようだった。ルークは立《た》ちあがり、ジェンの父親《ちちおや》に向《む》かって突進《とっしん》した。そして、銃《じゅう》をつかむと、自《じ》分《ぶん》の声《こえ》とは思《おも》えないような叫《さけ》び声《ごえ》を何度《なんど》も何度《なんど》もあげた。

「いやだ！　いやだ！　いやだ！」

「やめろ！」

父親《ちちおや》が怒鳴《どな》った。

「ばかなことはやめるんだ。ふたりとも死《し》んでしまう――」

ルークの手《て》の中《なか》に銃《じゅう》があった。ジェンの父親《ちちおや》がルークから銃《じゅう》を奪《うば》おうと飛《と》びかかってきた。

何《なん》か月《げつ》も前《まえ》に、ジェンがルークに飛《と》びかかってきたように。けれど、ルークがぎりぎりのところで脇《わき》に飛《と》びのくと、ジェンの父親《ちちおや》は反対側《はんたいがわ》の壁《かべ》にぶつかった。ルークは父親《ちちおや》に銃口《じゅうこう》を向《む》け、しっかりとかまえようとした。

父親《ちちおや》はゆっくりと振《ふ》り返《かえ》った。

「撃《う》てばいい」

父親《ちちおや》は力《ちから》なく両手《りょうて》を宙《ちゅう》にあげた。

「そうしたら、もうジェンのことを考《かんが》えなくてすむ。だが、きみは間違《まちが》っている。誓《ちか》ってもいい。ジェンの名《な》にかけて言《い》うが、私《わたし》はきみの味方《みかた》だ」

父親《ちちおや》はルークの目《め》をじっと見《み》つめ、相手《あいて》がどう出《で》るかを待《ま》っていた。自分《じぶん》を誇《ほこ》りに思《おも》う気持《きも》ちがルークの中《なか》に湧《わ》きあがった。自分《じぶん》が優位《ゆうい》に立《た》っていること、次《つぎ》に起《お》きることの決定権《けっていけん》が自《じ》分《ぶん》にあることを誇《ほこ》りに思《おも》う気持《きも》ちが。だけど、何《なに》が正《ただ》しいかなんてルークにわかるはずがなかった。もちろん、本当《ほんとう》にジェンの父親《ちちおや》なら、娘《むすめ》の名《な》にかけてうそをついたりはしない。そうだろう?

ルークは目《め》をぎゅっと閉《と》じた。そして銃《じゅう》をもった手《て》をおろした。

「それでいい」

父親《ちちおや》は息《いき》を吐《は》き、ルークの手《て》からゆっくりと銃《じゅう》をとると、机《つくえ》の上《うえ》に置《お》いた。

「説明《せつめい》させてくれ」

少《すこ》し息《いき》を切《き》らせながら父親《ちちおや》はそう言《い》うと、椅子《いす》に座《すわ》った。

「私《わたし》は人口警察《じんこうけいさつ》の本部《ほんぶ》で働《はたら》いてはいるが、やつらのやっていることには反対《はんたい》だ。だから、できるだけ妨害《ぼうがい》しようとしている。ジェンも理解《りかい》してくれなかったが——ときには敵陣《てきじん》に入《はい》りこむ必要《ひつよう》もあるんだよ」

父親《ちちおや》は話《はな》し続《つづ》けた。同《おな》じことを二度《にど》、三度《さんど》と繰《く》り返《かえ》すこともあった。でも、ルークにはちょうどよかった。理解《りかい》するのに時間《じかん》が必要《ひつよう》だったから、繰《く》り返《かえ》し言《い》ってくれるのがありがたかった。

「歴史《れきし》には詳《くわ》しいかい？」

父親《ちちおや》が聞《き》いた。

屋根裏部屋《やねうらべや》の本棚《ほんだな》に歴史《れきし》の本《ほん》はあっただろうか、とルークは思《おも》った。昔《むかし》の冒険小説《ぼうけんしょうせつ》はそれに入《はい》るのだろうか？

「ジェンが――」

ルークはせきばらいをした。

「ジェンがぼくに貸《か》してくれた本《ほん》を読《よ》んだだけです」

「どの本《ほん》だ？」

ルークはパソコンの上《うえ》の棚《たな》にある本《ほん》を指《ゆび》さした。

「それと、いくつか資料《しりょう》をパソコンから打《う》ちだしてくれました」

ジェンの父親《ちちおや》はうなずいた。

「つまり両方《りょうほう》の言《い》い分《ぶん》を読《よ》んだってことだな。どちらも真実《しんじつ》ではないが」

「どういうことですか？」

「政府《せいふ》の出《だ》した本《ほん》には、国民《こくみん》に信《しん》じこませたいうその内容《ないよう》が書《か》いてある。その一方《いっぽう》で、反体制《はんたいせい》派《は》は統計《とうけい》データを自分《じぶん》たちに都合《つごう》のいいように解釈《かいしゃく》して、極端《きょくたん》な主張《しゅちょう》をしている」

「ジェンはパソコンのほうの資料《しりょう》が正《ただ》しいって言《い》っていました」

ルークは言《い》い返《かえ》した。ジェンの名前《なまえ》を口《くち》にしただけで、胸《むね》に痛《いた》みを覚《おぼ》えて顔《かお》をしかめた。ジェンは死《し》んでしまった。そんなことってあるだろうか？

父親《ちちおや》はルークの言葉《ことば》をあっさり否定《ひてい》した。

「ジェンは自分《じぶん》の信《しん》じたいことを信《しん》じていた。だが、実際《じっさい》は――」

父親《ちちおや》はそこで言葉《ことば》を切《き》った。また泣《な》きだすのではないかとルークは思《おも》った。しかし、父親《ちちおや》は唾《つば》を飲《の》みこむと言葉《ことば》を続《つづ》けた。

「私《わたし》がジェンにそうさせたんだ。私《わたし》が偏《かたよ》った情報《じょうほう》の資料《しりょう》を渡《わた》したから。いつか『人口規制法《じんこうきせいほう》』が撤廃《てっぱい》されるかもしれないと希望《きぼう》をもってほしかっただけなのに。まさか……、まさかジェンが……」

ルークには、また父親《ちちおや》が泣《な》き崩《くず》れるところを見《み》るのは耐《た》えられなかった。

「じゃあ、ぼくは何《なに》を知《し》っておくべきなのですか？　何《なに》が真実《しんじつ》なんです？」

「真実《しんじつ》」

父親《ちちおや》はそうつぶやいた。まるでルークが命綱《いのちづな》でも投《な》げたかのように、その二文字《にもじ》をしっかりととらえて繰《く》り返《かえ》した。父親《ちちおや》はすぐに自分《じぶん》を取《と》り戻《もど》した。

「だれにも本当《ほんとう》のところはわからない。ずっとうそにうそを重《かさ》ねてきたからね。この国《くに》の政府《せいふ》は個人《こじん》よりも全体《ぜんたい》の利益《りえき》を優先《ゆうせん》させるから、真実《しんじつ》なんてものは都合《つごう》が悪《わる》いのさ」

ルークには父親《ちちおや》の言《い》っていることがさっぱりわからなかったが、口《くち》をはさまなかった。

「飢饉《ききん》のことは知《し》っているね？」

ルークはうなずいた。

「飢饉《ききん》におそわれる前《まえ》、この国《くに》は自由《じゆう》と民主主義《みんしゅしゅぎ》とすべての人間《にんげん》の平等《びょうどう》を信《しん》じていた。だが、飢饉《ききん》のさなか、当時《とうじ》の政府《せいふ》は転覆《てんぷく》した。あちこちの都市《とし》で食料《しょくりょう》をめぐって暴動《ぼうどう》が起《お》こり、たくさんの人間《にんげん》が殺《ころ》されたそうだ。シャーウッド将軍《しょうぐん》が権力《けんりょく》の座《ざ》についたとき、将軍《しょうぐん》は約束《やくそく》した。この国《くに》の法《ほう》と秩序《ちつじょ》と食料《しょくりょう》の確保《かくほ》を。当時《とうじ》はそれがみんなの願《ねが》いだったんだ。そしてその願《ねが》いだけはかなった」

ルークはジェンの父親《ちちおや》の言《い》っていることを理解《りかい》しようと、一心《いっしん》に耳《みみ》を傾《かたむ》けた。明《あき》らかに大人《おとな》の世界《せかい》の話《はなし》だ。だけど、ルークの知《し》っている大人《おとな》の会話《かいわ》よりずっと悪《わる》い内容《ないよう》だった。ルークの両親《りょうしん》はトウモロコシの収穫《しゅうかく》や請求書《せいきゅうしょ》や五月《ごがつ》の終《お》わりに霜《しも》がおりる可能性《かのうせい》についてくらいしか話《はな》したことはないのだから。その手《て》の話《はなし》ならルークにも理解《りかい》できた。でも、政府《せいふ》が転覆《てんぷく》したとか、都市《とし》で暴動《ぼうどう》が起《お》こったなどというのは、ルークには理解《りかい》できない話《はなし》だった。

「バロンが食《た》べ物《もの》をとったんだ」

ルークはうっかり口《くち》をすべらせ、無礼《ぶれい》な発言《はつげん》をしたことに顔《かお》を赤《あか》らめた。

父親《ちちおや》は声《こえ》をあげて笑《わら》った。

「そのとおりだ。きみも気《き》づいたね。確《たし》かに不公平《ふこうへい》だし、自慢《じまん》できることではないが……政府《せいふ》はわざとある階級《かいきゅう》の人《ひと》たちにだけ特権《とっけん》を与《あた》えたんだ。ジェンはきみにジャンクフードを教《おし》えたかい？」

ルークはうなずいた。

「あれがいい例《れい》だよ。公《おおやけ》には違法《いほう》だが、ジャンクフードをバロンに売《う》ったからといって、だれかがつかまった例《れい》はない。権力《けんりょく》のある政府《せいふ》の役人《やくにん》がすべてバロンなのだから、こんなに都合《つごう》のいいことはないだろ」

父親《ちちおや》の皮肉《ひにく》っぽい言《い》い方《かた》はジェンそのものだった。ルークはまた悲《かな》しみに負《ま》けそうになった。

それでも、なんとかもちこたえて父親《ちちおや》の話《はなし》に集中《しゅうちゅう》した。

「政府《せいふ》はバロン以外《いがい》の人《ひと》に貧《まず》しい暮《く》らしをさせることを正当化《せいとうか》している。ぎりぎりの生活《せいかつ》をしているほうが身《み》を粉《こ》にして働《はたら》くからと言《い》ってね。それに従《したが》う人《ひと》にはちゃんと生活《せいかつ》が成《な》り立《た》つように配慮《はいりょ》もしている。両親《りょうしん》から他《ほか》の農家《のうか》の話《はなし》を聞《き》いたことはあるかい？　どの農家《のうか》も農地《のうち》を失《うしな》ったことはないはずだ。だが、同時《どうじ》に、余裕《よゆう》のある暮《く》らしもできない」

ルークは両親《りょうしん》がいつもお金《かね》の心配《しんぱい》をしていることを思《おも》い出《だ》した。本当《ほんとう》はしなくていい心配《しんぱい》なのだろうか？　ただ政府《せいふ》に操《あやつ》られているだけなのだろうか？　怒《いか》りがこみあげてきたが、ルークはその感情《かんじょう》を抑《おさ》えこんだ。他《ほか》にも聞《き》きたいことがあるからだ。

「だけど、バロンだって『人口規制法《じんこうきせいほう》』には従《したが》わなくちゃいけないんですよね。それは──」

ルークはそこで大《おお》きく息《いき》を吸《す》いこんだ。

「それはその必要《ひつよう》があるからなんですか？　人口《じんこう》が多《おお》すぎたからですか？　今《いま》も多《おお》すぎるからなのですか？」

「たぶん、そうじゃない。もし食料《しょくりょう》が公平《こうへい》に行《い》きわたっていれば……もしみんながパニックにならなかったら……もし指導者《しどうしゃ》たちが正直《しょうじき》にみんなの協力《きょうりょく》が必要《ひつよう》だと言《い》っていれば……他《ほか》の人《ひと》の権利《けんり》をおかすことなく危機《きき》を乗《の》り越《こ》えられていただろう。今《いま》は子供《こども》を三人《さんにん》もとうが四人《よにん》もとうが、子供《こども》をもたない選択《せんたく》をする人《ひと》たちがいるかぎり、問題《もんだい》にはならないはずだ。だが、『人《じん》口規制法《こうきせいほう》』はシャーウッド将軍《しょうぐん》のもっとも誇《ほこ》るべき偉業《いぎょう》だということになっている。だからバロンですら特別扱《とくべつあつか》いではないんだよ。将軍《しょうぐん》はその法律《ほうりつ》を掲《かか》げてこう言《い》っているのさ。『国民《こくみん》の命《いのち》は私《わたし》の手《て》の中《なか》にある』ってね」

「だから、それは間違《まちが》っているってことですね」

ルークは話《はなし》の要点《ようてん》を整理《せいり》しながらそう言《い》った。

「私《わたし》はそう信《しん》じている」

ルークは不思議《ふしぎ》とほっとした。三番目《さんばんめ》の子供《こども》であることが法律《ほうりつ》に反《はん》しているから世間《せけん》で悪《わる》いとされているだけで、自分《じぶん》の存在自体《そんざいじたい》が悪《わる》いわけではないのだ。政府《せいふ》の本《ほん》を読《よ》んでからずっと、ルークは自分《じぶん》がこの世《よ》にいてはならない人間《にんげん》なのではないかと不安《ふあん》に思《おも》っていたが、そうではないのだとやっと理解《りかい》できた。自分《じぶん》の存在《そんざい》そのものが悪《わる》いわけではなく、違法《いほう》だから悪《わる》いとされているのだということを。たぶん、ルークがデモに行《い》かなかったのはそのことが気《き》にかかっていたからだろう。自分《じぶん》がもしジェンのように自分《じぶん》は悪《わる》くないと信《しん》じていたら、ルークもデモに行《い》っていたかもしれない。

そして、ルークも殺《ころ》されていたのだろうか？　ジェンのように。

あまりの恐怖《きょうふ》と混乱《こんらん》とで、ルークにはそれ以上《いじょう》、考《かんが》えることができなかった。

ジェンの父親《ちちおや》は腕時計《うでどけい》を見《み》た。

「そろそろ仕事《しごと》に戻《もど》らねば。すべてをカバーできるわけではないが、できるだけやってみよう。きみがいいというなら、明日《あした》の夜《よる》までに、偽造《ぎぞう》IＤ《アイディー》カードを手《て》に入《い》れておく。それまでにやっておくことは——」

突然《とつぜん》、父親《ちちおや》は話《はなし》を中断《ちゅうだん》した。ルークにはその理由《りゆう》がわかった。ひどい悪夢《あくむ》の中《なか》で聞《き》いた音《おと》がしたからだ。そう、ドアを激《はげ》しくたたく音《おと》。そして怒鳴《どな》り声《ごえ》。

「ここを開《あ》けろ！　人口警察《じんこうけいさつ》だ！」

29
人《じん》口《こう》警《けい》察《さつ》

ルークは行動《こうどう》を起《お》こす間《ま》もなく、ジェンの父親《ちちおや》に腕《うで》をつかまれクローゼットの中《なか》に押《お》しこめられた。

「いちばん奥《おく》に秘密《ひみつ》のドアがあるから、それを使《つか》うんだ」

父親《ちちおや》が声《こえ》を押《お》し殺《ころ》して言《い》った。

ルークは無我夢中《むがむちゅう》で何《なに》かの毛《け》のようなものをかきわけながらクローゼットの奥《おく》に進《すす》んだ。後《うし》ろから父親《ちちおや》の叫《さけ》ぶ声《こえ》がした。

「今《いま》、開《あ》けるよ！　ちょっと待《ま》ってくれ！　一万二千《いちまんにせん》ドルもするドアだぞ。壊《こわ》したりしたら、弁償《べんしょう》してもらうからな！」

パソコンからビービービーという音《おと》が鳴《な》り、父親《ちちおや》がつぶやいた。

「やつら、こんなときにかぎってちゃんと仕事《しごと》をしやがって。さあ、早《はや》く、早《はや》く、ネットに接《せつ》続《ぞく》しろ――」

ドアをさらに強《つよ》くたたく音《おと》がして、怒鳴《どな》り声《ごえ》が響《ひび》いた。

「ジョージ、あと三秒《さんびょう》でここを開《あ》けるんだ！」

ルークはクローゼットのさらに奥深《おくふか》くへと身《み》をひそめた。けれど、後《うし》ろの壁《かべ》すら見《み》つからないし、秘密《ひみつ》のドアなどどこにもない。家《いえ》の正面《しょうめん》で何《なに》かが裂《さ》けるような音《おと》。その数秒後《すうびょうご》に、パソコンの部屋《へや》にどかどかと踏《ふ》みこんでくる足音《あしおと》がした。

「いったいどういうことだ？」

廊下《ろうか》から聞《き》こえてくるジェンの父親《ちちおや》の声《こえ》は激《はげ》しい怒《いか》りに満《み》ちていた。ほんの少《すこ》し前《まえ》まで悲《かな》しみに暮《く》れて涙《なみだ》を流《なが》していたとはとても思《おも》えない声《こえ》だった。力強《ちからづよ》く、毅然《きぜん》として、自信《じしん》に満《み》ちた父親《ちちおや》は、自分《じぶん》こそが正《ただ》しくて、それ以外《いがい》は間違《まちが》っていると言《い》わんばかりだった。荒々《あらあら》しい足音《あしおと》がやんだ。クローゼットの奥《おく》にいるルークの耳《みみ》にだれかの忍《しの》び笑《わら》いが届《とど》いた。

「ズボンをおろしたままでつかまるつもりかい、ジョージ？」

「まったく、笑《わら》えるよな」

父親《ちちおや》はそう答《こた》えたが、ちっともおもしろくなさそうだった。ファスナーをあげるような音《おと》がした。

「つまり、こういうことなのか？　権力《けんりょく》を見《み》せつけずにはいられない能《のう》なしどもはトイレに入《はい》っている男《おとこ》すら待《ま》てない。それでドアをぶち壊《こわ》すってわけか？　必《かなら》ず弁償《べんしょう》してもらうぞ」

ルークが人口警察《じんこうけいさつ》の人間《にんげん》だったら、ジェンの父親《ちちおや》に恐《おそ》れをなしていたに違《ちが》いない。すぐに手《て》のひらを返《かえ》して「悪《わる》かった、許《ゆる》してくれ」と謝《あやま》っていただろう。シャドウ・チルドレンをかくまっているなどと決《けっ》して信《しん》じないはずだ。それ以上追求《いじょうついきゅう》されないのではないかと期待《きたい》しながら、ルークはタルボットさんのクローゼットの中《なか》で動《うご》きを止《と》めた。

しかし、父親《ちちおや》に答《こた》えた声《こえ》の主《ぬし》は、自分《じぶん》たちのやっていることにほんの少《すこ》しの疑問《ぎもん》ももっていないようだった。

「ばかなことを言《い》うな、ジョージ。我々《われわれ》に捜査《そうさ》と押収《おうしゅう》の権利《けんり》があることくらいわかっているだろ。このパソコンが違法《いほう》な目的《もくてき》のために使《つか》われたという報告《ほうこく》があったんだ。ほんの三十分前《さんじっぷんまえ》に」

「おまえたちのほうこそ、思《おも》った以上《いじょう》のマヌケだな。メモを読《よ》まなかったのか？　今朝《けさ》、司令《しれい》部《ぶ》にも違法《いほう》なチャットルームのおとり捜査《そうさ》を続《つづ》けると伝《つた》えてある。私《わたし》の打《う》った『ジェンはどこ？』と『やあ。だれかいる？』というのは、何《なに》も知《し》らずに戸惑《とまど》っているデモに参加《さんか》しなかった三番目《さんばんめ》の子供《こども》が書《か》いたように見《み》えるだろ。私《わたし》がずっとゲリラのリーダー、ジェンのふりをしていたことも知《し》らないのか？　私《わたし》が四十人《よんじゅうにん》もの違反者《いはんしゃ》を処分《しょぶん》したことで表彰《ひょうしょう》されたことを忘《わす》れたのか？」

父親《ちちおや》はなぜ平然《へいぜん》とジェンの名前《なまえ》を口《くち》にできるのだろうか？

もしルークがジェンと知《し》り合《あ》いでないなら——いや、知《し》り合《あ》いでなかったなら、とルークは顔《かお》をしかめて訂正《ていせい》した——そしてジェンが父親《ちちおや》に厚《あつ》い信頼《しんらい》を寄《よ》せていたことを知《し》らなかったなら、父親《ちちおや》がジェンをだましていたのだと確信《かくしん》していただろう。ルークの頭《あたま》は恐怖《きょうふ》でいっぱいだった。やはり自分《じぶん》はジェンの父親《ちちおや》にだまされているのではないだろうか？　シャドウ・チルドレンを『処分《しょぶん》』したなどと冷《つめ》たく言《い》い放《はな》つ人間《にんげん》をどうして信用《しんよう》できる？　ルークはクローゼットの奥《おく》にある毛布《もうふ》と格闘《かくとう》し、ついに奥《おく》の壁《かべ》に触《ふ》れた。けれども、手《て》で触《さわ》っても壁《かべ》には何《なに》もない。父親《ちちおや》はドアがあると言《い》っていた。どこかにドアがあるはずなのだが。

クローゼットの外《そと》から聞《き》こえてくる声《こえ》がくぐもった。

「どこにメモが——」

「オフィスの机《つくえ》の上《うえ》に書類《しょるい》がたまっているだろ。絶対《ぜったい》に目《め》を通《とお》さない書類《しょるい》が。その上《うえ》に置《お》いてあったはずだ」

父親《ちちおや》が声《こえ》をあげたので、ルークにはその言葉《ことば》が聞《き》きとれた。

「それとも字《じ》が読《よ》めないのか？」

そう言《い》われた人口警察官《じんこうけいさつかん》はジェンの父親《ちちおや》の侮辱《ぶじょく》に何《なに》も返《かえ》さなかった。

「パソコンを見《み》せてみろ」

「いいとも」

ルークは父親《ちちおや》が時間《じかん》をかせいでくれることを祈《いの》った。さっきから何度《なんど》も壁《かべ》を触《さわ》っているが、ドアらしきものはない。ルークの心臓《しんぞう》が早鐘《はやがね》を打《う》った。人口警察官《じんこうけいさつかん》にその鼓動《こどう》が聞《き》こえてしまうのではないかというくらい激《はげ》しく。

外《そと》の話《はな》し声《ごえ》はよく聞《き》こえなかったが、しばらくすると、人口警察官《じんこうけいさつかん》のひとりが声《こえ》をあげた。

「うそをついているな、ジョージ。家《いえ》の中《なか》を調《しら》べさせてもらおう」

「パソコンがちゃんと動《うご》かないという理由《りゆう》だけでか？　いいだろう。勝手《かって》にしろ」

ルークは父親《ちちおや》の投《な》げやりな言《い》い方《かた》にあぜんとした。

「だが、何《なに》も見《み》つからなかったら――見《み》つかるわけがないが――バロンに与《あた》えられた『不法《ふほう》な捜索《そうさく》・押収《おうしゅう》による損害回復《そんがいかいふく》』の権利《けんり》を行使《こうし》して、きみたちを告発《こくはつ》するつもりだ。手《て》に入《い》れたお金《かね》はキャビアかシャンパンにでも使《つか》うとするかな」

「ジョージ、本当《ほんとう》に訴《うった》えたりするつもりはないんだろ」

「そう思《おも》ってるのか？　じゃあ、さっさとやれ。ここから調《しら》べてみたらどうだ」

突然《とつぜん》、クローゼットに光《ひかり》があふれた。ルークは息《いき》をつめた。よりにもよって、ルークの隠《かく》れている場所《ばしょ》のドアを開《あ》けるなんて。ルークは無我夢中《むがむちゅう》で毛布《もうふ》を頭《あたま》からかぶった。

人口警察官《じんこうけいさつかん》は何《なに》も言《い》わなかったが、ブランケットに映《うつ》った影《かげ》から、クローゼットの入《い》り口《ぐち》に立《た》っているのがルークにはわかった。金属《きんぞく》の棒《ぼう》にハンガーがこすれる音《おと》。そして、人口警察官《じんこうけいさつかん》はその場《ば》を離《はな》れた。

恐怖《きょうふ》と困惑《こんわく》に見舞《みま》われながら、ルークは毛布《もうふ》の下《した》にうずくまったままでいた。家《いえ》のどこかからくぐもった足音《あしおと》が聞《き》こえてきた。きっとまたこの部屋《へや》に戻《もど》ってくるに違《ちが》いない。

死《し》ぬ前《まえ》に、もう一度《いちど》、母《かあ》さんと父《とう》さんに会《あ》って大好《だいす》きだと伝《つた》えたい。それに、マシューやマークにも謝《あやま》りたい。ふたりが外《そと》に出《で》たがっているときに、ルークにつきあってチェッカーやトランプで遊《あそ》んでくれたのに、ありがとうさえ言《い》わなかった。両親《りょうしん》にも謝《あやま》らなければならない。そもそも言《い》いつけを守《まも》らずに、ジェンの家《いえ》に行《い》った自分《じぶん》が悪《わる》いのだから。だけど、見《み》つかるのがどんなに怖《こわ》くても、ジェンに会《あ》ったことは後悔《こうかい》していなかった。

どちらにせよ、殺《ころ》される前《まえ》に両親《りょうしん》に会《あ》うことはかなわないだろう。それにルークは家族《かぞく》を守《まも》らなければならない。だれが親《おや》なのかを明《あ》かすわけにはいかない……。

だれかがこの部屋《へや》に戻《もど》ってくる足音《あしおと》がしたときにも、ルークはまだ必死《ひっし》にあれこれ考《かんが》えていた。でも、足音《あしおと》はひとりだけのようだ。もしかしたら——。

「出《で》ていく前《まえ》にガラスを片《かた》づけていけ！」

ジェンの父親《ちちおや》だ。ルークは返事《へんじ》を聞《き》こうと耳《みみ》をそばだてたが、何《なに》も聞《き》こえてこなかった。人《じん》口警察官《こうけいさつかん》は帰《かえ》ったのだろうか？

ルークはうずくまったままでいた。父親《ちちおや》がクローゼットの中《なか》を、物《もの》をかきわけながら入《はい》ってきた。そして毛布《もうふ》をはがすと、手《て》でルークの口《くち》をふさいだ。もがき始《はじ》めたルークは、父親《ちちおや》が目《め》の前《まえ》に掲《かか》げた紙《かみ》に目《め》をやった。

[やつらは帰《かえ》った。もう安全《あんぜん》だ。だが、**絶対《ぜったい》にしゃべるな！**]

ルークは体《からだ》の力《ちから》を抜《ぬ》いて、わかったというようにうなずいた。父親《ちちおや》はルークを放《はな》すと、紙《かみ》を裏返《うらがえ》して何《なに》かを書《か》きなぐった。

[この家《いえ》はバグを仕掛《しか》けられた]

ルークは困惑《こんわく》した目《め》で父親《ちちおや》を見《み》た。

「バ――」ルークはそう言《い》いかけたが、あわてて口《くち》をつぐんだ。ルークは父親《ちちおや》からペンをとると、こう書《か》いた。

[バグって虫《むし》のことですか？　アリ？　ゴキブリ？]

父親《ちちおや》は勢《いきお》いよく首《くび》を横《よこ》に振《ふ》った。

[バグ＝盗聴器《とうちょうき》だ。人口警察《じんこうけいさつ》が聞《き》いている。だからしゃべったらだめだ。捜査《そうさ》が失敗《しっぱい》したときに使《つか》う手《て》で、私《わたし》の体《からだ》にもとりつけられている]

ジェンの父親《ちちおや》は後《うし》ろを向《む》き、襟首《えりくび》のところを指《ゆび》さした。そこには小《ちい》さな円盤状《えんばんじょう》のものが貼《は》りつけられていた。

ルークは顔《かお》をしかめ、紙《かみ》に書《か》いた。

[とりはずせないのですか]

父親《ちちおや》は頭《あたま》を振《ふ》った。

「このほうがあやしまれない。全部《ぜんぶ》つつぬけだと思《おも》いこんでいるかぎり、やつらはここには戻《もど》ってこない」

ジェンの父親《ちちおや》は後《うし》ろのハンガーにかかっている何《なに》かの毛《け》のかたまりを指《ゆび》さした。

「毛皮《けがわ》のコートで取《と》り引《ひ》きして帰《かえ》ってもらった。なかなか手《て》に入《はい》らない貴重《きちょう》なものだ」

ルークはコートを見《み》た。さっきよりもずっと数《かず》が減《へ》っているようだった。動物《どうぶつ》の毛《け》？　そんなものをほしがる人《ひと》なんているのだろうか？　そのことを聞《き》いてみたかったが、父親《ちちおや》はすでに紙《かみ》に別《べつ》のことを書《か》いていた。

「時間《じかん》かせぎをしただけだ。おそらくぼろがでるだろう。メモなど置《お》いてないのだから、ばれるのも時間《じかん》の問題《もんだい》だ」

ルークはペンをとった。

「やつらはあなたに何《なに》をするつもりなんです？」

ジェンの父親《ちちおや》は頭《あたま》を振《ふ》った。

「わからない。今回《こんかい》のようなことは前《まえ》にも経験《けいけん》したことがある。だが、油断《ゆだん》は禁物《きんもつ》だ。やつらがすぐにここに来《き》たってことは、私《わたし》に目《め》をつけていたのだと思《おも》う」

ルークは力尽《ちからつ》きたように頭《あたま》を後《うし》ろのクローゼットの壁《かべ》につけた。ついさっきまで壁《かべ》のドアを必死《ひっし》になって探《さが》していたことを思《おも》い出《だ》した。

「ドアはどこにあるんですか？」

父親《ちちおや》は新《あたら》しい紙《かみ》をとりだした。そして頭《あたま》を振《ふ》りながら、ペンを走《はし》らせた。

「ドアはない。ただきみをクローゼットの奥《おく》に行《い》かせるためにそう言《い》っただけだ」

ルークは両手《りょうて》に顔《かお》をうずめた。ジェンの父親《ちちおや》はうそをつくのが上手《じょうず》だ。それは間違《まちが》いない。どうしてそんな父親《ちちおや》を信用《しんよう》できよう？　ルークは顔《かお》をあげて、紙《かみ》に何《なに》かを書《か》いている父親《ちちおや》を見《み》た。その不安《ふあん》げな表情《ひょうじょう》を見《み》ながら、どういうわけか、ルークは父親《ちちおや》を信用《しんよう》してもいいのだと思《おも》った。ルークなど簡単《かんたん》にだまして、また表彰式《ひょうしょうしき》で褒《ほ》めたたえられることもできたのにそうしなかったのだから。だけど、ルークにはわけがわからなかった。どんなときに人《ひと》はうそをつくのか、それがわからないのだから。

父親《ちちおや》はルークに紙《かみ》を見《み》せた。

「偽造《ぎぞう》ＩＤ《アイディー》カードがほしいかい？」

ルークは息《いき》を大《おお》きく吸《す》いこんだ。そして、少《すこ》し間《ま》を置《お》いてから、返事《へんじ》を書《か》いた。

［ＩＤ《アイディー》カードがなくても、ぼくは大丈夫《だいじょうぶ》ですか？］

父親《ちちおや》はその質問《しつもん》に対《たい》する答《こた》えを考《かんが》えているようだった。父親《ちちおや》は目《め》を細《ほそ》くしてこう書《か》いた。

［たぶん、大丈夫《だいじょうぶ》だ。やつらは私《わたし》を追《お》っているのであり、きみではない。もし本当《ほんとう》にここにシャドウ・チルドレンがいるのだと信《しん》じていたら、賄賂《わいろ》の毛皮《けがわ》は受《う》け取《と》らなかっただろう。あるいは毛皮《けがわ》と一緒《いっしょ》にきみも連《つ》れていったはずだ。だが、これは私《わたし》からの忠告《ちゅうこく》だ――ＩＤ《アイディー》カードを受《う》け取《と》るんだ］

［もう少《すこ》し待《ま》てませんか？　しばらく考《かんが》えさせてもらえませんか？］

ルークには時間《じかん》が必要《ひつよう》だった。そのことを考《かんが》える時間《じかん》ではなく、そのことを考《かんが》えないでいられる時間《じかん》がほしかった。そのことを思《おも》って、悲《かな》しみにひたりたかった。『人口規《じんこうき》制法《せいほう》』の何《なに》がよくて、何《なに》が悪《わる》いのかとか、ルークの家《いえ》にはどうしてお金《かね》がないのかとか、そんなことは考《かんが》えたくもなかった。ルークには、どうしてジェンの父親《ちちおや》や他《ほか》の人《ひと》たちがまったく別《べつ》人《じん》のようにふるまえるのかがわからなかったが、それをわかりたいとも思《おも》わなかった。ルークは自分《じぶん》の人生《じんせい》をすっかり変《か》えてしまうようなことを今《いま》すぐ決《き》めたくはなかった。

けれども、ジェンの父親《ちちおや》はこう書《か》いてよこした。

［どうかな。今《いま》しかないチャンスかもしれない］

ルークは［なぜ？］と走《はし》り書《が》きした。

父親《ちちおや》は長《なが》い時間《じかん》、何《なに》かを書《か》いていた。それからルークに紙《かみ》を見《み》せた。

［今《いま》の私《わたし》には権力《けんりょく》がある。おそらく明日《あした》も。だが、来週《らいしゅう》は？？？　来年《らいねん》は？？？　今《いま》の政府《せいふ》のもとで働《はたら》いているかぎりそれはわからない。ある瞬間《しゅんかん》はお気《き》に入《い》りの召《め》し使《つか》いであったとしても、次《つぎ》の瞬間《しゅんかん》には『ペルソナ・ノン・グラータ（好《この》ましからざる人物《じんぶつ》）』になっているかもしれないからね。それはだれにもわからないし、保証《ほしょう》もできない］

ルークは文字《もじ》がぼやけてくるまで、その紙《かみ》をじっと見《み》つめていた。決《き》めなければならない。今《いま》すぐに。

ルークはこれから先《さき》ずっと屋根裏部屋《やねうらべや》で本《ほん》を読《よ》んだり、空想《くうそう》にふけったりすることについて考《かんが》えた。母《かあ》さんや父《とう》さんは、たとえ一緒《いっしょ》にいる時間《じかん》が短《みじか》くてもルークによくしてくれるだろう。それに、両親《りょうしん》がいなくなっても、いつもルークをからかうマシューやマークがその分面倒《ぶんめんどう》をみてくれるはずだ。ルークの人生《じんせい》には限界《げんかい》がある——そのことは今《いま》までよりもよくわかっていた。

だけど、そんな生活《せいかつ》にルークは慣《な》れてしまっていた。安全《あんぜん》な生活《せいかつ》。幸《しあわ》せなのだと自分《じぶん》に言《い》いきかせる人生《じんせい》。

ただ……。

ルークはジェンに会《あ》う前《まえ》の生活《せいかつ》がどれだけ退屈《たいくつ》だったかを思《おも》い出《だ》した。なんでもいいから、何《なに》かしたくてたまらなかった。読書《どくしょ》や空想《くうそう》ではない何《なに》かを求《もと》めていた。そして、どうにもやりきれなくなったから、命《いのち》の危険《きけん》をおかしてまで自分以外《じぶんいがい》の『三番目《さんばんめ》の子供《こども》』に会《あ》いにいったのだ。これから先《さき》の人生《じんせい》を、同《おな》じように欲求不満《よっきゅうふまん》を抱《かか》えたままで過《す》ごせるだろうか？　人生《じんせい》をむだにしたいのだろうか？

だけど、たとえ偽造《ぎぞう》ＩＤ《アイディー》カードを手《て》に入《い》れたところで、自分《じぶん》は何《なに》をするつもりなのだろう？

その答《こた》えはすぐに見《み》つかった。ルークにはずっと前《まえ》からわかっていた。ただルークの頭《あたま》がその答《こた》えに行《い》きつくのを待《ま》っていただけだ。

シャドウ・チルドレンに『隠《かく》れなくてもいい人生《じんせい》』を取《と》り戻《もど》させること。

そのために何《なに》か手助《てだす》けすること。

けれども、それはジェンのように大規模《だいきぼ》でドラマチックなデモを行《おこな》うことでも、ジェンの父《ちち》親《おや》のようにうそのＩＤ《アイディー》カードを手《て》に入《い》れることでもない。もっと小《ちい》さくてゆっくりした何《なに》かがルークにはできるかもしれない。作物《さくもつ》をたくさん育《そだ》てる方法《ほうほう》を研究《けんきゅう》すれば、何人子供《なんにんこども》を産《う》んでもだれも飢《う》えたりはしないだろう。あるいは、政権《せいけん》を交代《こうたい》させて、農家《のうか》に家畜《かちく》や水耕栽培《すいこうさいばい》を許《きょ》可《か》させる。そうすれば、バロンだけでなく、みんなが豊《ゆた》かな生活《せいかつ》を送《おく》ることができるかもしれない。または宇宙《うちゅう》に移住《いじゅう》する方法《ほうほう》を見《み》つければ、地球《ちきゅう》が人口過剰《じんこうかじょう》になったり、家《いえ》を建《た》てるためだけに美《うつく》しい森《もり》を破壊《はかい》しなくてすむはずだ。ルークにはそれを実現《じつげん》するために何《なに》をすればいいのか、そもそも何《なに》をするのが正《ただ》しいのかさえわからない。それでも、何《なに》かしたかった。

最後《さいご》にジェンに会《あ》ったとき、ルークはこう言《い》った。

『歴史《れきし》を変《か》えるのはきみたちのような人《ひと》であって、ぼくのような人間《にんげん》は――ぼくたちのような人間《にんげん》はただ流《なが》れに身《み》をまかせるしかないんだ』

ルークは自分《じぶん》の言《い》った言葉《ことば》を信《しん》じていた。それがルークの家族《かぞく》の生《い》き方《かた》だからだ。だけど、それは間違《まちが》っているのかもしれない。ルークがバロンではないからこそ、できることがあるのかもしれない。なぜなら、ジェンのように世界《せかい》が自分《じぶん》のためにあって当然《とうぜん》だという感覚《かんかく》がルークにはないのだから。ルークならもっと忍耐強《にんたいづよ》く、もっと注意深《ちゅういぶか》く、もっと現実的《げんじつてき》なことができるかもしれない。

だが、今《いま》までのように隠《かく》れていては何《なに》もできないだろう。

ルークは唇《くちびる》をかんだ。そして震《ふる》える手《て》で、紙《かみ》に答《こた》えを書《か》いた。

［偽《ぎ》造《ぞう》ＩＤ《アイディー》カードをください。お願《ねが》いします］

30 新《あら》たな出発《しゅっぱつ》

リー・グラントは車《くるま》の後部座席《こうぶざせき》に座《すわ》った。家出《いえで》してから、隠《かく》れ家《が》として身《み》をひそめていた農《のう》場《じょう》を去《さ》るところだった。リーは迷子《まいご》になってしまった——もちろん、この場所《ばしょ》でつかまるなどとは思《おも》ってもいなかった。ほこりっぽい納屋《なや》の周《まわ》りには、トラクターやトラックが通《とお》ったあとの見苦《みぐる》しいタイヤの跡《あと》があった。崩《くず》れそうな納屋《なや》に、風雨《ふうう》にさらされてペンキのはげた家《いえ》。こんな光景《こうけい》はリーとは無縁《むえん》のものだった。が、実際《じっさい》はそうではなかった。リーは——。

ルークは大《おお》きく息《いき》を吸《す》いこんだ。それ以上《いじょう》、新《あたら》しい自分《じぶん》になって考《かんが》えることができなかった。あまりにも急《きゅう》な話《はなし》で心《こころ》の準備《じゅんび》ができていなかった。最後《さいご》にルークを抱《だ》きしめた母《かあ》さんのぬくもりが、まだ肩《かた》に残《のこ》っている。ルークは膝《ひざ》の上《うえ》で握《にぎ》りしめている両手《りょうて》を見《み》おろした。糊《のり》のきいた新《あたら》しいズボンの上《うえ》に置《お》かれた手《て》は、まるで別人《べつじん》のもののようだった。もはやみすぼらしいジーンズや、おさがりのネルシャツは着《き》ていない。トランクには、同《おな》じようなバロンの着《き》る高級《こうきゅう》な服《ふく》がつめこまれていた。何《なん》か月《げつ》も前《まえ》にルークがばかにして笑《わら》っていた服《ふく》だ。でも、服《ふく》のことなどどうでもよかった。せめて名前《なまえ》だけは自分《じぶん》のものを使《つか》いたかった。ジェンの父親《ちちおや》は同《おな》じイニシャルの名前《なまえ》だったことに鼻高々《はなたかだか》だったが。

［こんな急《いそ》ぎ仕事《しごと》だったのに、きみがアルフォンス・クセルクセスとかいう名前《なまえ》に苦労《くろう》しなくてすんだんだからびっくりだよ］

ジェンの父親《ちちおや》は手紙《てがみ》の中《なか》でそう自慢《じまん》した。それは前日《ぜんじつ》の夜《よる》に、ジェンの父親《ちちおや》から渡《わた》されたものだった。父親《ちちおや》はルークの家《いえ》を訪《たず》ねてきた。ヤナギの木《き》の枝《えだ》がフェンスを越《こ》えてタルボット家《け》の土地《とち》まで伸《の》びているので、それを刈《か》り取《と》ってほしいと言《い》いにくるふりをして。

本物《ほんもの》のリー・グラントはバロンだった。ちょうどその前《まえ》の晩《ばん》にスキー事故《じこ》で亡《な》くなった少年《しょうねん》だった。少年《しょうねん》の両親《りょうしん》はルークとはなんの関《かか》わりももちたがらなかった――「ふたりにはあまりにもつらすぎてね」。そうジェンの父親《ちちおや》は説明《せつめい》した――それでも、息子《むすこ》の名前《なまえ》とＩＤ《アイディー》カードを提供《ていきょう》することには同意《どうい》してくれた。かつて心臓《しんぞう》や腎臓《じんぞう》を提供《ていきょう》していたときのように。ある秘密《ひみつ》の団体《だんたい》がシャドウ・チルドレンの支援《しえん》をしていて、その団体《だんたい》が今回《こんかい》のことをすべて手配《てはい》してくれたそうだ。その団体《だんたい》はさらに、ルークを一年間《いちねんかん》、私立学校《しりつがっこう》の寄宿舎《きしゅくしゃ》に入《い》れてくれるという。たぶん、家出《いえで》をした罰《ばつ》として、学期《がっき》の途中《とちゅう》に転校《てんこう》することになっているのだろう。ルークは屋《や》根裏部屋《ねうらべや》の古《ふる》い本《ほん》で寄宿舎《きしゅくしゃ》について書《か》かれたものを読《よ》んだことがあった。家族《かぞく》がいない場所《ばしょ》に暮《く》らすのは変《へん》な感《かん》じがしたが、見《み》ず知《し》らずの人《ひと》と親子《おやこ》のふりをしなくてすむことにほっとした。

ルークは自分《じぶん》の家《いえ》の玄関《げんかん》を振《ふ》り返《かえ》った。母《かあ》さんと父《とう》さんとマシューとマークが見送《みおく》りに出《で》て、もう手《て》を振《ふ》っている。父《とう》さんとマシューは不機嫌《ふきげん》そうにして、マークはめずらしく真面目《まじめ》くさった顔《かお》をしていた。母《かあ》さんの頬《ほお》には涙《なみだ》がつたっていた。

ルークがすべてを打《う》ち明《あ》けた夜《よる》も、母《かあ》さんは泣《な》いた。ジェンの家《いえ》に最初《さいしょ》に行《い》った日《ひ》の話《はなし》を始《はじ》めると、母《かあ》さんはすぐにルークをたしなめた。

「ああ、ルーク。どうしてそんなことをしたの？　そんな危険《きけん》なこと……さみしいのはわかるわ。でも、約束《やくそく》してちょうだい。もう二度《にど》と……」

「それだけじゃないんだ」

ルークは、母《かあ》さんの顔《かお》を見《み》ないようにして、最後《さいご》まで話《はなし》をした。けれど、とうとう偽《にせ》のＩＤ《アイディー》カードを手《て》に入《い》れる決断《けつだん》をしたところまで話《はなし》が進《すす》むと、すすり泣《な》く声《こえ》がしたので、ルークは母《かあ》さんの顔《かお》を見《み》ないわけにはいかなかった。母《かあ》さんは真《ま》っ赤《か》な目《め》をしてうちひしがれていた。

「だめよ、ルーク。行《い》っちゃだめ」

母《かあ》さんはあえぎながらそう言《い》った。

「あなたがいないなんて、耐《た》えられないわ」

「母《かあ》さん、ぼくだって行《い》きたくはないんだ。ただ……行《い》かなくちゃいけないんだ。一生《いっしょう》、屋根《やね》裏部屋《うらべや》に隠《かく》れて暮《く》らすわけにはいかないよ。母《かあ》さんや父《とう》さんがぼくの面倒《めんどう》をみられなくなったらどうするの？」

「マシューとマークがみてくれるわ」

母《かあ》さんはそう答《こた》えた。

「だけど、ふたりの重荷《おもに》にはなりたくないんだよ。ぼくは自分《じぶん》の人生《じんせい》を生《い》きたいんだ。ぼくのような子供《こども》たちを助《たす》ける方法《ほうほう》を見《み》つけて、そして――」

泣《な》いている母《かあ》さんの前《まえ》では、自分《じぶん》の考《かんが》えていることがあまりにも子供《こども》じみているような気《き》がして、ルークはそれ以上《いじょう》、説明《せつめい》することができなかった。仕方《しかた》なく、弱々《よわよわ》しい声《こえ》で締《し》めくくった。

「そして、世《よ》の中《なか》を変《か》えたいんだ」

「それがあなたにできないなんて言《い》うつもりはないのよ。ただ、先《さき》のことになるだけ。あなたが大人《おとな》になったら、なんとかして、偽《にせ》のＩＤ《アイディー》カードを手《て》に入《い》れるつもりよ。何《なに》か方法《ほうほう》はあるはず」

母《かあ》さんは父《とう》さんのほうを向《む》いた。

「ハーラン、あなたからも何《なに》か言《い》ってちょうだい」

父《とう》さんは深《ふか》いため息《いき》をついた。

「ルークの言《い》うとおりだ。チャンスがあるなら、今《いま》やるしかない」

父《とう》さんもつらそうにそう言《い》ったが、その言葉《ことば》がルークの胸《むね》に突《つ》きささった。たぶん、ルークは心《こころ》の奥底《おくそこ》でひそかに両親《りょうしん》に止《と》めてほしいと思《おも》っていたのだろう。屋根裏部屋《やねうらべや》に閉《と》じこめられたまま、ずっと母《かあ》さんと父《とう》さんの小《ちい》さな男《おとこ》の子《こ》でいたかった。

「どこかで三番目《さんばんめ》の子供《こども》が普通《ふつう》の生活《せいかつ》を送《おく》っていないか、こっそり探《さぐ》ってみたことがあるんだ。だが、このあたりではそんな例《れい》はないようだ。だから、これから先《さき》、ルークに別《べつ》のチャンスがやってくることはないだろう」

ルークは母《かあ》さんのほうを向《む》いた。そんなことを口《くち》にする父《とう》さんを見《み》るのはつらすぎた。だけど、母《かあ》さんの苦痛《くつう》に満《み》ちた顔《かお》はもっとつらかった。

「つまり、他《ほか》に選択肢《せんたくし》はないってことね」

母《かあ》さんがつぶやいた。

こうしたやりとりがあったのが二日前《ふつかまえ》だった。母《かあ》さんはそのあと病気休暇《びょうききゅうか》をとって、ずっとルークのそばにいた。ボードゲームやトランプをしたが、母《かあ》さんはちょっとしたことでゲームの手《て》を止《と》めて言《い》った。「あのときのこと覚《おぼ》えてるかしら……」「こんなことがあったわ……」ルークが赤《あか》ん坊《ぼう》のころのかわいい泣《な》き声《ごえ》のこと。はじめて自分《じぶん》で歩《ある》いた日《ひ》のこと。二歳《にさい》の春《はる》に土《つち》を発見《はっけん》して大喜《おおよろこ》びしたこと。畑《はたけ》に鍬《くわ》でまっすぐのうねを作《つく》ったこと。腕《うで》の長《なが》さほどもあるズッキーニがなったこと。本《ほん》を読《よ》み聞《き》かせて寝《ね》かしつけた数々《かずかず》の夜《よる》のこと。

母《かあ》さんはたくさんの思《おも》い出《で》を語《かた》った。ルークがもう子供時代《こどもじだい》のことを話《はな》せなくなるからそうしたのだろう。が、それを聞《き》いているのはつらかった。ただボードゲームのコマを進《すす》めて、時間《じかん》が進《すす》んでいないふりをしてくれたらよかったのに。

けれど、あっという間《ま》に、今日《きょう》の朝《あさ》がやってきた。ジェンの父親《ちちおや》は高級車《こうきゅうしゃ》を家《いえ》の前《まえ》にとめると、車《くるま》からおりてルークの両親《りょうしん》と握手《あくしゅ》をした。

「ガーナーさん、すぐにこの子《こ》のことを知《し》らせてくれてありがとうございます。グラントさんは心配《しんぱい》のあまり寝込《ねこ》んでしまったようですから」

父親《ちちおや》はルークのほうを向《む》いた。

「きみは無責任《むせきにん》でとんでもないことをしたんだぞ。だが、ID《アイディー》カードをもって逃《に》げたことだけは褒《ほ》めてやる。きみも聞《き》いたことがあるだろうが、人口警察《じんこうけいさつ》は疑《うたが》わしい人間《にんげん》がいれば、質問《しつもん》をする前《まえ》にそいつを銃《じゅう》で撃《う》つからね」

ジェンの父親《ちちおや》はルークの背中《せなか》をたたくと、その手《て》を下《した》にすべらせてルークのポケットに何《なに》かさっと入《い》れた。ルークがポケットに手《て》を入《い》れると、ID《アイディー》カードの硬《かた》い角《かど》に触《ふ》れた。ルークの身分証明書《みぶんしょうめいしょ》。

「もう演技《えんぎ》をしなければならないのですか？」

母《かあ》さんがささやいた。目《め》には涙《なみだ》がたまっていた。

ジェンの父親《ちちおや》は頭《あたま》を振《ふ》り、胸《むね》を軽《かる》くたたいた。まるで秘密《ひみつ》のポケットに何《なに》か入《い》れていて、それを探《さが》しているように。

「盗聴《とうちょう》されています」

父親《ちちおや》は声《こえ》をださずに口《くち》を動《うご》かした。

ルークの両親《りょうしん》がわかったとうなずくと、ジェンの父親《ちちおや》は胸《むね》をたたくのをやめて、いかにも重《じゅう》要《よう》そうな書類《しょるい》をとりだした。

「ほら、これが転校《てんこう》にともなう書類《しょるい》だよ。ご両親《りょうしん》はきみをヘンドリクス・スクールという男子《だんし》校《こう》に行《い》かせるつもりだ。ちゃんと節度《せつど》を守《まも》らなければ――」

父親《ちちおや》はルークにいかめしい顔《かお》をしたが、その表情《ひょうじょう》には同情《どうじょう》もにじんでいた。

「あの……」

そう言《い》って、母《かあ》さんがせきばらいをした。

「最後《さいご》にさよならのハグをしてもいいかしら？　ここ何日《なんにち》かですっかり家族《かぞく》の一員《いちいん》のようになってしまって」

ジェンの父親《ちちおや》はうなずいた。母《かあ》さんと父《とう》さんはぎゅっとルークを抱《だ》きしめた。

「いい子《こ》でいるのよ。わかった？」

母《かあ》さんはそう言《い》った。家出《いえで》したどこかよその子《こ》に冗談《じょうだん》めかして言《い》うように。だけど、ルークはどうしても冗談《じょうだん》で返《かえ》すことができなかった。だから、ただうなずいて、何度《なんど》もまばたきをするしかなかった。

ルークはおぼつかない足《あし》どりで車《くるま》まで歩《ある》き、リーになりきろうとした。

ジェンの父親《ちちおや》は車《くるま》の反対側《はんたいがわ》にまわり、運転席《うんてんせき》に乗《の》りこんだ。そしてエンジンをかけて、発車《はっしゃ》させた。

「こんな高給取《こうきゅうと》りの運転手《うんてんしゅ》に連《つ》れていってもらえるんだ。ラッキーだろ。私《わたし》がきみのお父《とう》さんのいとこと個人的《こじんてき》な知《し》り合《あ》いでなかったら――」

ジェンの父親《ちちおや》がそんな話《はなし》をするのは、暗《あん》に何《なに》かを伝《つた》えるためなのか、それとも盗聴器《とうちょうき》のことを考《かんが》えて冗談《じょうだん》を言《い》っているだけなのか、ルークにはわからなかった。でも、今《いま》は、そんなことを考《かんが》えても仕方《しかた》がない。ルークは後《うし》ろを振《ふ》り返《かえ》り、必死《ひっし》に手《て》を振《ふ》っている家族《かぞく》を見《み》た。やがてその姿《すがた》は視界《しかい》から消《き》えていく。車《くるま》はすぐに納屋《なや》の反対側《はんたいがわ》とその向《む》こうの畑《はたけ》を通《とお》りすぎた。そこから先《さき》はルークにとっては見《み》たこともない景色《けしき》だった。これまで家《いえ》から半径百《はんけいひゃく》メートル以内《いない》の場所《ばしょ》でしか過《す》ごしたことがないのだからそれも当然《とうぜん》だった。ルークは恐怖《きょうふ》に胃《い》がかじりとられ、家族《かぞく》のいないさみしさに身《み》を切《き》られる思《おも》いがした。と同時《どうじ》に、わくわくするようなスリルも感《かん》じていた。未来《みらい》にはたくさん見《み》るべきものがあるだろう。ジェンに伝《つた》えなければ――。

ジェン。ここ何日《なんにち》も避《さ》けてきた悲《かな》しみがルークを再《ふたた》びおそった。だが、ルークはささやいた。

「ぼくがこの道《みち》を選《えら》んだのはきみのためでもあるんだ、ジェン」

その声《こえ》は、車《くるま》の走《はし》る音《おと》に消《け》されて、ジェンの父親《ちちおや》や盗聴器《とうちょうき》には届《とど》かない。

「いつの日《ひ》かシャドウ・チルドレンが自由《じゆう》になったとき、ぼくはみんなにきみのことを話《はな》すよ。きみの銅像《どうぞう》を建《た》てて、きみの名《な》にちなんだ祝日《しゅくじつ》を作《つく》って……」

言葉《ことば》にするだけでは十分《じゅうぶん》ではなかったが、そうするだけで少《すこ》しは気分《きぶん》がよくなった。ほんの少《すこ》しではあったが。

ルークは家族《かぞく》のいる農場《のうじょう》のほうをいつまでも見《み》つめていた。木々《きぎ》のすきまからジェンの家《いえ》の屋根《やね》がちらりと見《み》えた。それから一瞬《いっしゅん》にして、ルークの見知《みし》ったものはすべて地平線《ちへいせん》の向《む》こうへと消《き》えてしまった。

リー・グラントは前《まえ》を向《む》いた。そして、これから進《すす》むべき道《みち》をしっかりと見《み》すえた。

〈シャドウ・チルドレン1　完《かん》〉

訳者《やくしゃ》あとがき

梅津《うめづ》かおり

みなさんは外国《がいこく》の本《ほん》を何冊《なんさつ》くらい読《よ》んだことがありますか。世界《せかい》にはたくさんの国《くに》がありますが、ある国《くに》で書《か》かれた本《ほん》を、別《べつ》の国《くに》の言葉《ことば》に訳《やく》して出版《しゅっぱん》した本《ほん》のことを翻訳書《ほんやくしょ》、あるいは訳《やく》本《ほん》といいます。イギリスで発表《はっぴょう》され、世界中《せかいじゅう》で大《だい》ヒットした『ハリー・ポッター シリーズ』は有名《ゆうめい》ですよね。また、小学館《しょうがくかん》のジュニア文庫《ぶんこ》からも『世界名作《せかいめいさく》シリーズ』がでています。本《ほん》の好《す》きな人《ひと》ならだれでも一度《いちど》は翻訳書《ほんやくしょ》を手《て》にとったことがあるでしょう。

この本《ほん》はそんな翻訳書《ほんやくしょ》のひとつです。マーガレット・ピーターソン・ハディックスというアメリカの児童文学作家《じどうぶんがくさっか》が、一九九八年《ねん》から二〇〇六年《ねん》までの間《あいだ》に発表《はっぴょう》し、子供《こども》たちの間《あいだ》で大人《だいにん》気《き》となった『シャドウ・チルドレン シリーズ』全七巻《ぜんななかん》のうちの一巻目《いっかんめ》です。

はっきりとは書《か》かれていませんが、舞台《ぶたい》となったのは、おそらくアメリカのどこか田舎《いなか》でしょう。また、いつごろの話《はなし》なのかもわかりませんが、今《いま》の時代《じだい》ではないようです。ルークの世《せ》界《かい》ではインターネットや携帯電話《けいたいでんわ》が今日《こんにち》のように普及《ふきゅう》していないことを考《かんが》えると、少《すこ》し前《まえ》のお話《はなし》のように思《おも》えます。
とはいえ、この物語《ものがたり》はフィクションですから、まったく架空《かくう》の場所《ばしょ》や時代《じだい》を想定《そうてい》して書《か》かれたとも考《かんが》えられます。いずれにしても、ルークの生《い》きている世界《せかい》は、私《わたし》たちの世界《せかい》とはだいぶ違《ちが》いますよね。私《わたし》たちの社会《しゃかい》には『違法《いほう》な子供《こども》』などいませんし、人口警察《じんこうけいさつ》などという組織《そしき》も存在《そんざい》しないのですから。ですが、たとえフィクションであっても、物語《ものがたり》というのは現実《げんじつ》の世界《せかい》を反映《はんえい》しているものです。つい最近《さいきん》まで人口《じんこう》が増《ふ》えすぎないように子供《こども》の数《かず》に制限《せいげん》を設《もう》けていた国《くに》もありますし、食料《しょくりょう》が不足《ふそく》している国《くに》では満足《まんぞく》に食《た》べられない子供《こども》たちもいます。もしかしたら、著者《ちょしゃ》はそんな子供《こども》たちの存在《そんざい》からヒントを得《え》てこの物語《ものがたり》を書《か》いたのかもしれません。

さて、翻訳書《ほんやくしょ》を読《よ》む醍醐味《だいごみ》のひとつに、「異文化《いぶんか》に触《ふ》れる」というものがあります。日本《にほん》とは違《ちが》う生活様式《せいかつようしき》、宗教《しゅうきょう》、ものの見方《みかた》があることを翻訳書《ほんやくしょ》は教《おし》えてくれます。また、翻訳書《ほんやくしょ》を通《とお》して、日本人《にほんじん》にはあまりなじみのないものに出会《であ》うこともあります。

たとえば、この本《ほん》の中《なか》で、ルークの家族《かぞく》が『チキン・アンド・ダンプリング』という料理《りょうり》を食《た》べているシーンがあります。これには『鶏肉《とりにく》と団子《だんご》のスープ』という注《ちゅう》がついていますが、みなさんはどんな食《た》べ物《もの》を想像《そうぞう》しますか。さいわいにして、今《いま》はなんでもインターネットで調《しら》べられる時代《じだい》です。『ダンプリング』を検索《けんさく》すると、「小麦粉《こむぎこ》をねってゆでた団子《だんご》」などと出《で》てきて、別《べつ》のサイトに写真《しゃしん》やレシピなども載《の》っています。日本《にほん》でいう『すいとん』のようなものでしょうか。この『チキン・アンド・ダンプリング』はアメリカ南部《なんぶ》や中西部《ちゅうせいぶ》の家庭料理《かていりょうり》のようですが、歴史《れきし》をたどればさらにその起源《きげん》もわかります。翻訳書《ほんやくしょ》の中《なか》で出《で》てきた料理《りょうり》のレシピを探《さが》して、おうちの人《ひと》と一緒《いっしょ》に家《いえ》で作《つく》ってみるのも楽《たの》しいかもしれませんね。

また、ルークに与《あた》えられた『屋根裏部屋《やねうらべや》』ですが、みなさんは実物《じつぶつ》を見《み》たことがあるでしょうか。日本《にほん》にも昔《むかし》から屋根裏《やねうら》はありましたが、部屋《へや》というよりは物置《ものおき》として使《つか》われることがほとんどでした。ルークの部屋《へや》を想像《そうぞう》しながら、「秘密基地《ひみつきち》みたいで楽《たの》しそうだな」という感想《かんそう》をもった人《ひと》がいるかもしれませんが、実際《じっさい》には、夏《なつ》は暑《あつ》く、冬《ふゆ》は寒《さむ》いという、あまり快適《かいてき》な場《ば》所《しょ》ではないようです。児童書《じどうしょ》には『屋根裏部屋《やねうらべや》』がよく出《で》てきますが、秘密《ひみつ》が隠《かく》されていたり、不遇《ふぐう》な主人公《しゅじんこう》に与《あた》えられるみすぼらしい部屋《へや》だったりと、どちらかといえば暗《くら》い印象《いんしょう》がありま す。この本《ほん》の中《なか》でも、隠《かく》れる生活《せいかつ》を余儀《よぎ》なくされているルークのみじめな境遇《きょうぐう》が、『屋根裏部《やねうらべ》屋《や》』にあらわれています。現代《げんだい》の建築《けんちく》でいうところのロフトにあたる場所《ばしょ》、と言《い》えばわかりやすいかもしれませんが、ロフトのようなおしゃれなイメージとはほど遠《とお》いのが、この『屋根裏《やねうら》部屋《べや》』なのです。

ところで、翻訳書《ほんやくしょ》は「異文化《いぶんか》に触《ふ》れる」よい機会《きかい》だといいましたが、そこに登場《とうじょう》する人物《じんぶつ》もみなさんとはまったく違《ちが》う人間《にんげん》なのでしょうか。みなさんは、ルークやルークの家族《かぞく》やジェンを、自分《じぶん》たちとはかけ離《はな》れた特別《とくべつ》な人間《にんげん》だと思《おも》いましたか。私《わたし》はそうは思《おも》いませんでした。ルークの自分《じぶん》をみじめに思《おも》う気持《きも》ち、ルークを心配《しんぱい》する両親《りょうしん》の気持《きも》ち、不当《ふとう》なことに対《たい》するジェンの怒《いか》り、ジェンの父親《ちちおや》の悲《かな》しみ、こうした登場人物《とうじょうじんぶつ》の思《おも》いは、国《くに》を超《こ》えて私《わたし》たちに共通《きょうつう》する感情《かんじょう》です。つまり、文化《ぶんか》や歴史《れきし》は違《ちが》っても、いつの時代《じだい》であっても、人間《にんげん》として共通《きょうつう》する部分《ぶぶん》があるということです。それを実感《じっかん》できることも翻訳書《ほんやくしょ》のおもしろさだと思《おも》います。そして、読者《どくしゃ》のみなさんが、この本《ほん》の登場人物《とうじょうじんぶつ》にとことん感情移入《かんじょういにゅう》してくれたら、訳者《やくしゃ》としてこれほどうれしいことはありません。

ルークのお話《はなし》はまだまだ続《つづ》きます。家族《かぞく》のもとを離《はな》れ、新《あら》たな出発《しゅっぱつ》を果《は》たしたルークにこれからどんな未来《みらい》が待《ま》ちうけているのか、続《つづ》きも楽《たの》しんでくださいね！

Shogakukan Junior Bunko

★小学館ジュニア文庫★

シャドウ・チルドレン 1
～絶対に見つかってはいけない～

2018年 1 月29日　初版第１刷発行

著／マーガレット・P・ハディックス
訳／梅津かおり
絵／くまお♀

発行人／立川義剛
編集人／吉田憲生
編集／杉浦宏依

発行所／株式会社　小学館
〒101-8001　東京都千代田区一ツ橋２－３－１
電話　編集　03-3230-5105
販売　03-5281-3555

印刷・製本／大日本印刷株式会社

デザイン／深山貴世（ベター・デイズ）

Printed in Japan　ISBN 978-4-09-231144-2